私のまわりの、神様たち3

藤原靖子
Fujiwara Yasuko

文芸社

私のまわりの、神様たち 3

CONTENTS

宝物ノート

私は文章を書くことが昔から好きだった。書くという作業が好きで、子どもたちがしゃべり始めた二歳になる頃から、せっせと子どもの言葉を書き残していったものだ。これはいつもそばにいる母親のよろこびである。

子どもたちは詩人だった。今でも覚えているが、チンドン屋の一行が通ったとき、その人たちの化粧を見て、「みんな、お面かぶっているよ」と教えてくれた。

大きなアドバルーンを見たときは、「あれ、だれがフウしたんでしょうね」。

初めての家庭訪問があった小学一年生のときは、「先生はどんなおみやげ持ってきてくれるのかな」と楽しみにしていた。

下の子は足がしびれたとき、「せんこう花火みたい」と教えてくれた。

子どもたちの言葉を書いたノートは何冊にもなり、それを広げてみるたび、私は幸せだった。

ところが、平成七年の阪神・淡路大震災で何もかも失い、宝物もすべてなくなった。私の心の中に、少しか残っていない。

でも、私にはまだ書く気力があった。今度は自分のことをノートに書いている。決していやなことは書かない。楽しいこと、うれしいこと、感動したことを書いている。だから何度読み返しても心が温かくなる。

数年前からは絵まで描くようになった。そしてまた、宝物が増えている。昔のように。

（平成十四年五月三日）

三人の天使たち

私は三人の「しょう」がつく子どもの名前を知っている。

不思議な縁だと思う。

五月十三日のこと、テレビとラジオが聴ける携帯ラジオをテレビのほうに切り替えて、イヤホンで聴きながらウォーキングをしていた。夜九時十五分からＮＨＫの「プロジェクトＸ」が始まった。

十七年前のチェルノブイリ原発事故のことだった。このときの爆発は、なんと広島、長崎の原爆の五百倍だという。あれから十七年たった今も、四百の村が廃村になったまま。たくさんの子どもたちが甲状腺ガンで苦しんでいる。それを治療する医療はとても遅れていて、子どもの手術痕は痛々しい大きな傷となって残っている。そんな子どもたちを治療するために、日本の医師が何もかも投げ捨ててチェルノブイリに乗り込むという話だった。

それを聴きながら歩いていて、やっと決心した。

実は先日、町で一枚のチラシをもらった。それを見て、そのときは募金箱に百円を入れた。チラシには「助けてください」と書いてあり、「しょうご君」という子どもの写真があった。病気をアメリカで治療するために八千万円のお金が必要なのだという。

私は家で改めてゆっくりチラシを読んだあと、月曜日に郵便局に向かった。

募金をするとき、顔なじみの郵便局の女性が、「何か通信欄に書くことがあったら書けますよ」と言ってくれた。

『私の知り合いのお孫さんに「しょう太君」という名前の子どもがおります。生後四十五日で手術を受けました。よく似た名前で、とても人ごととは思えません。今、大学病院に入院していますが、少しずつよくなっています。もう一年になります。まわりの方も大変でしょうが、どうか、しょうご君が少しずつでもよくなりますように、心よりお祈り致しております。』と書いた。

そして今日、「しょう丸君」を知った。

住吉川沿いを歩いていると、私の前をお母さんと子どもが歩いている。幼い男の子。小学一年生ぐらいだろうか。二人で手をつないで、ゆっくり、ゆっくり歩いている。体が不自由なのかな。

「こんにちは」と声をかけた。それから二人と並んで歩く。「しょう丸君」と名前を教えてくれた。生まれてから三歳まで病院で過ごし、今は小学校に通っている八歳の男の子。

私も、知人のお孫さんが生まれたときからずっと病院で暮らしていたこと話した。しょう丸君が、「手をつなご」と言ってくれたので手をつないで歩いた。

「いつも一人でこの子と歩いていると腰を痛めるのですよ。今日は大変楽でした」とお母さんが喜んでくださった。

別れ際にしょう丸君が、「おだいじに」と言って手を振ってくれた。お母さんが、「ずっと病院で、そう言われていたのでね」と笑った。

「おだいじに」と言ってくれたしょう丸君が天使に見えた。


（平成十五年六月一日）

長渕剛とホタル

夜八時三十五分、ウォーキングスタート。

昼頃、バケツをひっくり返したような雨が降ったが、夜になって上がった。一応、折りたたみの傘を赤いリュックに入れておく。

住吉川の水の流れは速く、猛々しい音を立てている。私はその水流に逆らうように川沿いを北に向かう。

携帯プレーヤーのイヤホンから、長渕剛の独特の歌い方が、応援歌のように私の背中を押してゆく。錯覚とわかっていても、足は軽く前へ前へと突き進んでゆく。

川を見ると、昼の雨の名残を伝えるかのように、ところどころに作られている石の階段の一番上まで水のシミが黒く広がっているのが、薄明かりの中でも察することができた。このような風景は、初めて見た。それほどに今日の雨がすごい量だったことがわかる。

イヤホンから流れてくる長渕剛の応援歌は、水の勢いにも負けてはいない。

数年前のこと、巨人の清原がスランプに陥っていたときに、長渕剛の歌を聴いて自分を励ましていたというエピソードをテレビ番組で見た。

本当に元気が出てくる。

こんな日にはホタルはいないだろうと、半分、期待はしていなかった。けれどそんな私の心を察してか、いつもより多く光を見せてくれていた。早足でウォーキングしてきた私に「ご苦労さん」とでも言うように、あっちでもこっちでも美しい神秘な光を灯してくれている。深い草むらの群れの中からも光の信号を送ってくれる。プアープアーと。涙が出るほど感動している私がいた。

二匹のホタルが、青い宝石の線を描いて飛んでいった。


(平成十五年六月十六日)

“いい顔”をありがとう

出勤のため、各駅電車に乗る。私が座った右側には男性が、左側には赤ちゃんを膝にのせた若いお母さんが座っていた。そのお母さんは左側に荷物を置いていたので、私は少し窮屈だった。

赤ちゃんは小さな人形を逆さに持って、足を口に入れて遊んでいる。遊びながらチラチラ私を見ている。それが何回も。そのうち、いい顔をし出した。私も赤ちゃんを見る。

小さな緑色の人形を手に持って、ニコッと笑ってくれる。おかっぱの可愛い子。

「ごきげんですね」とお母さんに話しかける。

「こんなん珍しいんですよ。いつも『笑って』と言ってもいい顔しないんですよ」と教えてくれた。

これからおばあちゃんのところに行くのだそうだ。

ちょうど私の手持ちの袋の中には、ウエハースのお菓子が入っていた。大きな袋で、会社の人たちと食べようと思っていた。それをバリッと開けて、中から一つずつ包装されているウエハースを取り出して十個ほど差し上げた。

赤ちゃんの〝いい顔〟のお礼に。

（平成十七年三月三十日）

励ましてくれる言葉

先日、会社の帰りに、いつも行く美容院でカットをしてもらった。けれどこの日は、私の担当のKさんはお休みだった。

Kさんの代わりにブローをしてくれた女性が話す。

「Kさん、フォトコンテストで入選してね。私は落ちましたけど。何をやっても私はいいことがないんですよ」

私が最後の客だったからか、彼女は心の内を話してくれた。

「そこまで努力したことに対して、自分で自分を褒めてやりなさいよ。まず自分を褒めてやらなくては。選ばれる、選ばれないは、たくさんの人が参加しているんだから、運もあるし、審査員の好みもあるのよ。私なんか何回もいろんなものに投稿しているけれど、いつも落選しているわよ。それでも、それを作り上げた努力に対して、私は私に『よくやったね』と褒めてやることにしているの。達成感を味わうことができるのは自分だけだから」

と私は、ちょっぴり先輩ぶって言った。

昔、ある上司が私に言ってくれた言葉がある。

「この世で起きたことは、すべてこの世で解決するよ。命まで持ってゆかへんて」

彼女にもこの言葉を伝えて、

「失敗するたび、私はこの言葉を思い出していたんよ」

と言うと、すごく感動してくれた。うれしくなってくる。私の思いまで聞いてくれて。


（平成十七年四月一日）

ほーちゃん天使がやってきた①——赤ちゃんが産まれた日

予定日より一カ月早く赤ちゃんが産まれた。大安の日に産まれてきた一つの命により、私たち家族の呼び名が変わった。

おばあちゃんはヒイばあちゃんに。お父さんはおじいちゃんに。息子はおじさんになった。

私は娘の陽子のおなかにいる赤ちゃんが産まれてくる前から早々と「ヤーヤですよ」と大きな声で呼びかけていた。

赤ちゃんが産まれた四日は、会社が終わると産院に飛んでいった。それまで、産まれる数日前からも、毎日会社が終わってから産院に通っていた。夕方六時までの面会時間に間に合うように。

四日は電話があったので、少し早めにかけつけた。けれど病室には行かなかった。娘婿がずっとつきっきりでいることが一番心強いと思ったから。

赤ちゃんが産まれた。二千二百五十グラムの小さな赤ちゃん。保育器に入っていた。私は、ママに会うより先に赤ちゃんに会った。

こんなに美しい顔立ちの赤ちゃんは、見たことがない。ママが産まれたときより千グラムも小さいのに、目鼻立ちのはっきりしたとても元気な赤ちゃんだ。私のそばに来た助産師さんも、「こんなに可愛い赤ちゃん、見たことない」と言った。

ママに会ったら、赤ちゃんを産んだ感動の涙より、赤ちゃんの泣き声があまりにも大きくて元気だったので爆笑してしまったと言っていた。

私はパパになった幸《ゆき》ちゃんに、「可愛いね、可愛いね」と何回も言った。幸ちゃんはパパになった喜びを人一倍味わいながらビデオをまわしていた。

保育器の中の赤ちゃんは、よく動き、足もじっとしていない。ときどき薄目を開けると、くっきりと二重まぶたになり、長いマツゲが美しくカールしていた。小さな赤ちゃんは腕も足も細く痛々しいが、懸命に生きようとしている姿に涙がこぼれた。

幸ちゃんのところのお父さんとお母さんが来られて、お母さんは手も足も長い赤ちゃんを見て「ファッションモデルやねえ」と言った。

後日、幸ちゃんが撮ったビデオを観る。

大きな声と一緒に出てきた〝ほの花〟。小さな赤ちゃん。一カ月も早くやってきたのに、大きな声が聞こえる。みんなが小さな天使を歓迎している。その場にいる助産師さんやお手伝いの人たちの笑い声が、賑やかに録音されていた。

〝ほーちゃん〟は産まれた瞬間から、まわりに幸せを運んできた。


（平成十八年八月四日）

ほーちゃん天使がやってきた②——ヤーヤはお目めに弱いの

今日は風が強く吹いています。午後二時半頃、ほーちゃんがやってきました。ママがどうしても出かけなければいけない用事があったからです。

ほーちゃんをだっこしていると、両手をダラッとさせてお目めをつぶっています。ヤーヤの腕の中で、安心したように眠っています。そおっと、そおっと、タオルケットが敷かれているベッドに寝かせました。でも、だめです。さっきのネンネの姿がうそのように、大きなお目めのほーちゃんがヤーヤを見ています。

そして、泣き出しました。

二回目、ヤーヤは挑戦しました。またネンネするかな、とだっこしました。

大きなお目めのほーちゃん。

タオルケットを広げて寝かせてみました。ヤーヤもほーちゃんの横にゴロンしました。

ほーちゃんは、両足を上げたり、広げてみたり、上げた両足をボトンと下に落としてみたり。隣のヤーヤを目で追いながら、ご機嫌のひとり遊び。もう三十分も遊んでいます。

ママに頼まれていた果汁を作りました。

ほーちゃんは、ヒイばあちゃんにだっこしてもらっている間もご機嫌です。

六十ccのプルーンの果汁を飲んで、眠ってしまいました。

けれどしばらくすると、大きな欠伸をして、両手を上のほうに伸ばして背のびしました。

そして、「オックン」と言って、ヤーヤを呼びます。ヤーヤを見ています。だっこまだかな？　って。

ヤーヤ、ほーちゃんのお目め、一番弱い。やっぱりだっこしてしまいました。

ほーちゃんが生まれて三カ月のときのお話です。

（平成十八年十一月七日）

ほーちゃん天使がやってきた③——遊びたかったジイジ

夕方五時半頃、ジイジが二階から下りてきて言いました。

「もう、ほーちゃん来いひんで、こんな遅うなったら。あっ、そうや、バッタを逃がしてやらな」

と、慌てて玄関のほうに行きました。

すっかり忘れていたバッタが二匹。

それはお昼頃、ジイジがほーちゃんに見せてやろうと、庭から見つけてきた葉っぱと同じ色のバッタ。ジイジの大きな手の中に葉っぱとバッタがいたので、ヤーヤはジャムの空きビンを渡しました。ジイジはそれをビンの中に入れて、ティッシュペーパーでふたをして輪ゴムでとめ、爪楊枝で小さな穴をあけて空気穴を作りました。そしてビンを玄関の金魚の横に置き、ほーちゃんが来るのを待っていたのです。

狭いビンの中で数時間過ごしていたバッタ。ジイジは「かわいそうに」と言いながら庭に放してやりました。

ほーちゃん、ジイジのやさしい気持ち、わかるかな。ヤーヤはなんだか胸がいっぱいになったよ。

ジイジは、お昼頃に何回も住吉川に出かけて砂や小石を取りに行って、庭には砂と、小石は数十個も置かれていたよ。

「砂場を作って、小石を並べたり、のせたりして遊ぶやろ」

とジイジは言っていたよ。

ほーちゃんと遊ぶ楽しいこと、いっぱい考えていたのかな。まだ一歳になったばかりなのにね。

ほーちゃんが来るのを、ジイジ、ずっと待っていたけど残念。今度いっぱい遊ぼうね。


（平成十九年十二月四日）

みなみの夢

明け方、夢を見た。

部屋のかたすみの四角い大きな箱から、カタカタと音がする。見てみると、そこにうさぎがいた。

だっこしてみて、どうして何日もごはんをあげなかったのに元気なの？　と思った。早くごはんをあげなくては。

抱かれているうさぎはおとなしかった。

目が覚める。フワフワのやさしい毛の感触が、まだ腕の中に感じられた。

起きて顔を洗いながら、あれはみなみちゃんが会いにきてくれたんだと実感した。

娘の陽子が、部屋で小さなうさぎを飼っていた。名前は「みなみ」と言った。まるで子どもを育てるように面倒を見ていた。

とても人なつこいうさぎで、私たちの部屋に走ってくると、部屋の広さを測っているかのように走りまわり、私や主人のそばをジャンプして遊んでいた。

陽子がお嫁に行くときに、一緒に新居に移った。みんなを楽しませてくれたみなみは、ほの花が生まれる数カ月前に、アイドルの座を生まれてくる赤ちゃんに譲るかのように天に旅立った。

そういえば夢を見た数日前、玄関に飾っているみなみの写真立てをきれいに拭いてから、写真の中のみなみの姿をしみじみと見た。

写真をきれいにしたから、お礼に夢に出てきてくれたのかな。

みなみ、会えてうれしかったよ。


（平成二十年八月二十一日）

鈴なりの萼《がく》

ほーちゃんと庭で遊ぶ。

柿の木をふと見上げた。

毎週日曜日に放映される、とあるテレビ番組のナレーターの決めゼリフが、声になって出てきそうになった。

「なんということでしょう」

柿の木の葉と葉の間に、萼が小さな鈴のように薄緑になって連なっていた。よく見てみると、大きく伸びたいくつもの枝にその姿がある。

萼のことが知りたくて、辞書を引いてみた。

『被子植物の花被の一番外側にあって花弁をかこむ部分』とあった。

私の母がまだ元気だった平成十八年に、折れた一枝に萼を見たのが最初だった。

けれど、それが最初で最後だった。平成十九年も二十年も、なんの兆しもなかった。

それでも諦めないで、いつも主人が世話をしてくれていた。それが実を結んだのか。震災から十四年。やっとたくさんの蕾をつけてくれた。どうか育ってくれますように。

今年、うれしい期待ができた。

（平成二十一年四月二十八日）

庭の花

リビングから庭の花々に目をやる。並んだ数十の鉢を見ていると、それを安住の地として咲いている鉢と同じ数の花が、流れゆく風にかすかに揺れている。

あるとき、主人が近所の方と話をしていたら、

「家の中から花が見られていいね」

と羨ましそうに言われたという。

そうか、私たちには当たり前と思える、日々目に入る景色も、外から見ている人にはそうではなく、花々の成長にも逆に私たちより気づくのかもしれない。

その代わり、道ゆく人たちは花を純粋に楽しむことができる。道ゆく人と家人との、しばしの会話も生まれる。「きれいですね」と、私もそのような庭を持つ人と出会ったときは声をかけている。並んで見ている庭の花がかすかに揺れて、会話に仲間入りをしているみたい。

見知らぬ人同士をほのぼのとさせてくれる花に、ほほえみのお返しをしている。
（平成二十一年五月三日）

受け継がれるミニカー

ほーちゃんの誕生日がもうすぐやってくる。三歳になったらあげるからね、と約束していたものがある。

それはミニカーだ。

ほーちゃんの夢がやっとかなう。

ほーちゃんは二歳になった頃から、女の子なのになぜか私が集めているミニカーに興味を持つようになった。

私が収集しているミニカーが数百台、棚に並んでいる。その前で、あれ欲しいこれ欲しいとねだっていた。しかし、私も思い入れがあるものばかりなので、「はい、どうぞ」とはなかなか言えず、「三歳になったらね」とくり返し言っていたのだ。

それからほーちゃんは、一年待った。

ほーちゃんとママが欲しいミニカーを選ぶ。それは十一台にもなった。ママが、

「こんなにもらってもいいのかな」と少し遠慮気味に言った。私は「いいよ」と即答した。

「こんなん、いいね。ずっと昔使っていたものだから、いいね」

私と同じ考えを持っているママ。

私は古びたおもちゃを見るのが好きだ。子どもたちが遊んだであろう証の塗料のはげているのを見るのが好きだ。ママも汚いと言わない。気持ち悪いとも言わない。それがうれしい。

捨てられたり売られたりしたおもちゃたちにも、いろいろなドラマがあったはず。私のところに来て、また生かされている。それを、孫のほーちゃんたちがくり返してくれる。

ママが言った。

「昭和のもの、いっぱい集めたいね」

ますますうれしくなった。

主人も、私がおもちゃを集めることに、少しも苦情を言ったことがない。それどころか、ママが結婚して、それまで使っていた部屋が空いたときに、私の部屋にしたらどうか、と言ってくれた。

「ミュージアムの部屋にしたらええねん」

主人の言葉どおり、その部屋には今はミニチュアのものがいっぱい飾られている。

二歳のときから、一年も待ったほーちゃん。

「えらいねえ。もうすぐ三歳になるね、おめでとう」

欲しかったミニカーたちが、ほーちゃんの手にあった。


（平成二十一年七月二十七日）

はじめてのおつかい

陽子が食べたいと言っていた炊き込みごはんを作るため、二時頃から用意する。

ほーちゃんと陽子は荷物だけ置いて買い物に出かけた。

お米をとぎ、とぎ汁を花にやるために庭に出ようと玄関のドアを開けたとき、

「マァーマァー」と、とっても明るいはずんだ声が聞こえてきた。

そのまま庭に行き、かがみ込んでとぎ汁をまいていたので、可愛い声の主が誰だかはわからなかったが、ふっと顔を上げて北のほうを見ると、近所のMさんが笑って立っていた。さっきのとても明るい元気な声は、Mさんのお子さんのゆらちゃんだった。

ゆらちゃんがママのところにかけ寄る。私も庭から外に出てゆらちゃんを見た。Mさんが私のほうに寄ってきて話してくれた。

「コンビニにおつかいに行って、牛乳を買ってきてくれたの。はじめてなの」

とてもうれしそう。私まで心が躍った。

テレビ番組の「はじめてのおつかい」を思い出した。

「今、下の子が寝てるから、あとをつけていったの」

と、Mさんはやっぱりテレビと同じ親心を教えてくれた。

郵便局前のコンビニの辺りは車の通りが多い。コンビニに行くには大きな道路を渡らなくてはならない。ゆらちゃんは三歳か四歳くらいだったと思う。よくできたこと。

「えらかったね。すごいね。がんばったね！」

と声をかけると、得意そうなお姉ちゃんの顔になっていた。一度も私のほうを見なかったけれど。

自分の孫が、はじめてのおつかいができたみたいに、ママと同じ気持ちで胸が熱くなった。


（平成二十二年一月八日）

レジの人との会話

こんなにうれしい気持ちになるなんて。

なじみのスーパーで買い物をしてレジに並ぶ。今日は空いていた。一番東側のレジで順番を待つ。私の後ろには誰もいない。

順番が来て、レジの人がカゴの中から一つずつ商品を取り出してレジを打つ。カゴの中にはうす揚げが数袋入っている。安かったので買いだめした。私のあとに誰もいなかったからか、レジの人が、「これ、たくさんありますね」と話しかけてきた。

「お味噌汁には必ず入れるので。あとはきざんで冷凍しておきます」

と言うと、

「あーあ、いいこと聞いた。書いとこ」

とメモっている。

「ときどき、ネギをたくさん買う人がいて、冷凍すると言ってましたよ」

と、レジの人が教えてくれる。私もまた言った。

「おネギはタッパーにキッチンペーパーを敷いて、その上にきざんだのを入れて冷蔵庫に入れておいてもいいよ」

とても素直な人で、仕事中だったけれど、それもメモしていた。

話は続く。私はうれしくなってまた言った。

「土ショウガは皮つきのまま適当に切って、タッパーに入れて冷凍するといいよ。使うときはそのまま切れるから。私はね、ひまなときにニンニクと土ショウガをみじん切りにして、コーヒーフレッシュの空になった小さなカップにそれぞれ入れて、ラップして輪ゴムでとめて冷凍しておくの。そうすると料理中でもすぐに使えるから、とても便利よ。いつも五個ぐらい作っておくの」

お客様が少ない時間帯だったからか、教えてもらったり、教えたり。

自分の日頃の知識を誰かに聞いていただけると、とてもうれしい気持ちになる。なぜだろう。


（平成二十二年十月五日）

夕暮れ時の温かいプレゼント

夕方六時頃、スーパーから帰路につく。踏切のところにさしかかったとき、背の高いスーツ姿の男の人が、踏切の向こうからこちら側に歩いてきた。横には黒っぽい小さな人影が見える。二人で手をつないでいる。辺りが薄暗くなってきたので、子どもと手をつないで家に帰るところなのだろうと思った。とても小さな姿だったから。

でも、会社の帰りのようなスーツ姿で子どもと歩いているのも不思議に思った。近づいてみて、小さな人影は子どもではないことがわかった。背中が丸く曲がっていて、亀が首をすぼめているように頭が下に落ちている女の人だった。お母さんだろうか。

手をつないで歩いている。とても幸せそうな姿に見える。私までほのぼのとした気持ちになって踏切を渡っていると、向こうから自転車を押して歩いてきた男の人。自転車のカゴの中にチワワがいた。

大きなお目めで私を見る。首には大きなチェック柄のマフラーをきれいに巻いてもらっていた。この小さなワンちゃんは、子どものように愛されているのだろうと、そのほほえましい姿に思わず笑って男の人を見てしまった。

夜を迎えようとしている少しの時間。楽しい気持ちにさせてもらって、とてもラッキーな日になった。

（平成二十二年十二月十四日）

“徳”のメッセンジャー

私がエッセイを書くようになったのは、阪神・淡路大震災からすぐのことだった。命があった喜びを感じながら、これからはいいことをいっぱい書き残してゆくことに心が動いた。

家はなくなり、火事によって思い出の品々もなくなった。一番悲しかったのは、子どもたちの写真を失ったことだった。幼い頃からの成長を撮り続けていた写真がすべて焼失して、そこだけが空洞になっていた。

けれど、思い切りどん底に落ちたら上がるしかない。マイナスからのスタートが始まった。

私のエッセイを集めたはじめての本が完成したとき、一人でも多くの人に読んでもらいたかった。でも、誰か買ってくれないかな、とは思わない。私が私の本を買うことにした。一人でも多くの人に差し上げて読んでもらいたかった。

本を受け取ってくださった人が、わざわざ私の家までお礼に来られたことがあった。私が孫をベビーカーに乗せて我が家に向かっていたとき、やさしい言葉をかけてくれた男の人だ。本を差し上げてから数日後のことだった。

「本、一気に読みました。とても感動しました。あの本には、読んで大きな〝徳〟がある」

と、すごい褒め言葉をいただいた。

でも、この男の人の言われるとおりだ。私の本の中には、徳を持っているたくさんの人たちが出てくる。私はそれをエッセイに書くことで世の中に伝える役をいただいているのだ。

私はメッセンジャーだ。

徳のある言葉をいただき、徳のある行いをいただき、それを書いて残すという私の仕事は、まだまだ続く。


（平成二十三年三月三日）

いたずら好きの風

午後二時過ぎ、住吉川沿いをウォーキングする。かなり早足で歩く。それには訳があった。対岸を見ると、同じようにウォーキングをしている若い女性がいたから。川を挟んで、女性と私が同じ方向に歩いている。女性のほうが少し前を歩いている。私は負けん気を出して、彼女を見ながら早足で歩いた。けれど、彼女は普通に歩いているのに、なかなか並ぶことができない。

競争を応援するかのように、風が吹いてきた。それは、温まってきた体を冷やしてくれる、私にとって友達の風だった。

ところが、折り返し点の少し手前で急に、友達だった風がいたずら好きの風に変身した。私がかぶっていた夏用の帽子をヒョイと持ち上げて、後ろに落としたのだ。

ふいをつかれた私は、ころがってゆく帽子を追いかける。

コロコロ、コロコロと、二回も逃げてゆく。追いかける私をおもしろがって、

「こっちだよ！」と手をたたいているみたいに。
私は奥の手を考えた。
ころがってゆく帽子を足で踏んでみた。
ギャフンとなった帽子は、風が抜けてフニャフニャのしわくちゃになった。
帽子をかぶり直しながら、風と一緒に笑った。

（平成二十三年十一月二十一日）

ハーモニカと口笛おじさん

先日、娘と二人の孫と私の四人で、神戸にミュージカルを観に行ったのだが、そのとき、くまのブローチを紛失してしまった。スワロフスキーが百個以上も使われているとても美しいブローチだった。気に入っていたのになあ。

でも、失くしたものをいつまでも思ってみても仕方がない。ブローチの代わりに何か買うことにした。私のヘソクリで。

五十年くらい前によく吹いていたハーモニカを買うことにした。

町に出ると、楽器屋さんを見つけた。店員さんは、私のように長い間ブランクがあった人が最近よく買いに来られると言った。

ハーモニカを買って、道を歩いていると、美しい口笛の旋律が流れてきた。どこかで若者が路上ライブでもやっているのかと見まわしてみる。けれど、どこにも若者も群衆の姿も見えない。

私のそばを、黒いコートを着た私より年上の小柄なおじさんが、自転車を押しながら通り過ぎた。すると、その人の口から、まことに美しい清らかな鳥のさえずりにも似たメロディーが流れてきた。

私は聴きほれた。少し立ち止まって、その人の後ろ姿を見送っていた。

そうだ、私もハーモニカを買ったんだ。

それをおじさんに知らせたくて、二十メートルほど先を歩くおじさんを追いかけた。

「私も、さっきハーモニカ、買ったんですよ」

「あ〜あ」

おじさんは、まるで仲間を見つけたとでもいうように、くしゃくしゃの好好爺の顔で笑ってくれた。

家に帰ってハーモニカを吹いてみた。ちゃんと吹けた。「故郷」が吹けた。そのほかにも次々に吹けるものが増えた。

子どものときに吸収したものが、まだ残っていた。長い長いブランクがあってもまたよみがえった。すごいと思う。

私にもそのすごいものがあったことが驚きだった。

（平成二十三年十二月四日）

認知症の人

ラジオから流れてくる声を聴く。

ある詩人が、自分の親のことを話している。私は寝ながら、耳はその音声を聞き洩らすまいと集中していた。

夜中の三時頃だった。

私は床につくときは、携帯ラジオを聴きながらが習慣になっている。そうすることにより、いつしか眠っている。子守歌のようなもの。

その日、夜中にふと目が覚めると、つけっぱなしのラジオから聞こえてきた詩人の女性の声。

「母親が、キャーと奇声を発したりするのがとても恥ずかしいと、いつも思っていた。そんなとき父が言った。『お母さんは一生懸命、生きようとしている。その声だ』と。

母は認知症だった。父はやさしく、『認知症も、そこらにいっぱいある病気と同じなんだよ』と言った」

ラジオから流れてきたすばらしい話。眠っている私に聞かせたくて、起こしてくれたのかな。

朝を迎えた私は、一日中その余韻を抱きながら過ごした。

私は、この父親の言葉と重なるようなすばらしい人を知っている。近所の人で、その人といつも仲良しのもう一人は、それぞれの家の前で美しく咲いている花を見ては、楽しそうに談笑をくり返していた。しかし仲良しの人は、ラジオで言われたその病気の入り口に入りかけていた。それを知ったその人が、私にこう言った。

「そんなこと、関係ない。いつもと変わらないままでいたい。そうでないと寂しい」

それからも、いつも二人で並んで花を見ている姿があった。今日も。

（平成二十三年十二月十六日）

十二月のハエさん

十二月十八日の夜九時頃のことだった。一人でくつろいでテレビを観ていたら、急に何かがピューンピューンとまわりを飛び回った。

「何これ!?」

飛んでいる小さな物体を目で追う。すると、超がつくほどの速さで飛んでいた小さな物体が、パタッとテレビの前に落ちた。

それはハエだった。

まるで念力が切れたように床に落ちたハエに、私は「今日は十二月の十八日だよ」と言った。退治するために、モゾモゾ動いているハエに近づく。私の中での即退治したくなるものに、ゴキブリ、カ、ハエがある。

しかし、目の前のハエは十二月の真冬のハエだ。それも、最初から弱々しくしていたのなら、なんとかこんな時季まで生きていたのだろうと考えるが、このハエはそんなことはおかまいなしに、さっきまでまるで真夏の宙を謳歌しているかのように飛び回っていた。

養老孟司さんがブータンで体験したというハエの話を思い出した。ハエも誰かの生まれ変わりかもしれないから、ブータンではむやみに殺したりしない、という話だ。

真冬の夜に、何かにとりつかれたように飛び回っていたハエ。私には会いたい人がいっぱいいいるけれど、このハエは、私に何かを伝えるためにやってきたのか、誰かの使いで来てくれたのか……。

だから、たたきのめすことはやめた。

それから三日目の今日、ハエは三日前と同じ場所で、上を向いて固まっていた。

そこには、十二月のハエさんがガンバッタ命があった。

（平成二十三年十二月二十日）

犬の恩返し

来年のカレンダーをもらうため、近所の信用金庫に出かけた。カレンダーを手にして出てきたら、大きな犬を紐なしで散歩させている中年のおじさんがいた。犬の散歩は必ず紐につないでするのが鉄則のはずなのに、と思いながら歩いていたら、私のそばに寄ってきた茶色のワンちゃん。

私の家にも、数年前までは家族の一員として柴犬の「くま」がいた。だからこうして出合えるワンちゃんは、どの子も可愛い。

おじさんが「この犬、ヒトが好きやねん」と言った。

私が大きな茶色の体を撫でてあげている間も、私のすることに任せている、本当におとなしい犬だった。何か大きな子どもをあやしているような気になってきた。

「去年、嫁さんが死んだ。これが慰めになってるねん。いっつも一緒やねん。寝るときも一緒やねん」

と、温かいまなざしで犬を見ている。やさしいおじさん。

「小さいときからいるんですか？」

と聞くと、

「あそこにつながれとってん。それを連れて帰ってん」

おじさんが指さしたところを見る。道端の樹のそばのフェンスに、短い紐でつながれて捨てられていて、すぐ連れて帰ったという。

そのワンちゃんは、おじさんのこれからの寂しい人生に、〝癒し〟という恩返しをしているのだと思った。


（平成二十三年十二月二十二日）

自分の本と出合った日

久しぶりに整体院に行った。肩が凝るとときどき行くのだが、今回は右腰に痛みが走るので予約を取った。

二時の予約だったけれど、十五分ほど早く着いた。奥のベッドではまだ整体中だ。手持ちぶさたな私は、待合室の長椅子に座って携帯をさわったりしていたけれど、やっぱり時間が余る。

ゆっくりまわりを見まわすと、本棚に私の本があった。

まさか、まさかだ。びっくりした。

私の番が回ってきたときに、

「先生、私の本、ほかの本と一緒に本棚に並べてくれていたんですね。とてもうれしいです」

と言いながらベッドに横になった。

いつもは時間きっちりに来て、待合室で待ったことなんかなかったのに、クリスマスの今日、サンタさんが「私の本と対面」というプレゼントをくれた。

（平成二十三年十二月二十五日）

元気が出る言葉ノート

いいことばかりを書いているノートのほかに、私にはもう一冊、大切なノートがある。

主人が会社勤めをしていたときは、毎年年末が近づくとカレンダーや立派な手帳が送られてきた。退職したあと、使わなかった手帳のたばを見て、上等すぎてぶ厚すぎて何に使ったらいいかな、と考えていたが、あるとき、このまま眠らせておくのはもったいないと思った。

立派な手帳を明るいところに出さなくては、と心が変わらないうちに、黒い表紙にタイトルを貼りつけた。

「元気が出る言葉」

別のノートや紙切れに書きためていた、私に元気を授けてくれる言葉の数々を、手帳に書き残してゆくことにした。

たまっていたものを書き写していくと、五百近くの言葉があった。

平成十二年九月十四日。遠藤周作さんの言葉「病気とは生活の上での苦しみであって人生の挫折ではない」。この言葉から始まっていた。

私は強い人間ではない。心が滅入るとき、この手帳をひらき、私を元気にしてくれる言葉を探す。いつも、この手帳に助けられた。

ほーちゃんの「わかってよかったやん」や、主人の「できるさ」も、手帳の中に記録してある。三歳のほーちゃんから、九十九歳の詩人の柴田トヨさんの言葉もある。

私を元気にしてくれるノート。大切なノート。これからもいっぱい私を助けてくれることだろう。

（平成二十四年一月六日）

一つの傘で二人で歩く

もう二カ月近く雨が降っていない。それが昼頃から久方ぶりの雨になった。雨が降らない間は超乾燥で大変だった。ひたすら雨を待っていたのは私一人ではないだろう。本当に恵みの雨だった。

スーパーに二時頃出かける。午前中は雨が降っていなかったからか、前を歩いている小学生の男の子が、雨の中、上着をかぶって歩いていた。

私はその子のところに走っていった。私の傘に入ってもらいたかった。折りたたみ傘でなく大きい傘だ。けれど、なかなか追いつけない。トンネルを抜けたところで、ハアハア言いながらやっと追いついた。

一つの傘に二人で入って歩く。孫と一緒に歩いているみたい。手をつないで歩いた。

男の子は「一年生」と言った。「兄弟はいない」と言った。とても素直な子だった。私と手をつないでずっと歩いていった。

男の子の家は、私が買い物に行くスーパーの隣のマンションだった。

別れ際、一年生の可愛い男の子はちゃんとお礼を言ってくれた。少しの間でも一緒に楽しい時間を過ごさせてもらった私のほうがお礼を言いたいくらいです。

（平成二十四年一月十九日）

冬の日にハーモニカを吹く

今日も寒い。こんなときは、家の中で寒い寒いと言って暖房をつけているより、たとえ一時間でもウォーキングをするほうがどんなに気持ちいいか。

住吉川沿いを歩いていると、思ったとおりポカポカと体が温かくなってきた。はめていた手袋もはずす。

すれ違った見知らぬ女性が会釈をしてくれる。いつもは私のほうから、見知らぬ人でも顔があえば会釈するのに、今日はあちらからしてくれた。

しばらくすると雪がちらついてきた。眼鏡に数個の雪の結晶がへばりつく。眼鏡をはずし右手に持って歩く。

向こうに見える山は、深い灰色のモヤがかかっている。大雪が降っているのかな。そのおこぼれのフンワリ雪がチラついている。

今年は、北のほうの寒い地方では、気象観測が始まって以来の豪雪で、今日も六十八歳の女性が雪おろしをしていて亡くなったと報道されていた。例年の倍も多く降っているという。

ウォーキングの折り返し地点の頂上でハーモニカを吹く。頂上に祀られている石仏さまに捧げるように吹く。下手くそでも恥ずかしくない。誰もいないところで吹いているから。

「千の風になって」を吹く。

亡くなったおばあちゃんに聴こえるように。それから重《しげ》ちゃんにも聴こえるように。

（平成二十四年一月三十一日）

お姉ちゃんとお姉さん

いつもの美容院に出かけた。ここには震災直後から通っている。担当の人と、いつも楽しいお話をしながら笑っている。

今日は担当の人に手紙を書いてきた。その内容は、十四歳の女の子が新聞に投稿したもので、美容院の仕事のことが書かれていた。

「美容院を見学に行ったら、お客様がみんなきれいにしてもらって『ありがとう』を言っている。そして笑っている。なんとすばらしい仕事でしょう」という内容だ。

私も出来上がったカットを見て、いつも「来てよかったわ。きれいにしてくれてありがとう」の言葉を言っていた。

髪を乾かしてくれる女性スタッフの方とも話を交わした。

「あのね、娘に話したら笑うねんけど、ときどき見かける光景に、涙することがあるねん」

その光景には、先日も出会った。

私がスーパーから出てくると、ベビーカーを押しているお母さんと、ベビーカーの横には二歳くらいの女の子が歩いていた。ギャアギャア泣く声がベビーカーから聞こえる。赤ちゃんが泣いていた。

「歩いてる女の子もまだ二歳くらいで、お母さんにいっぱい甘えたいでしょうに。その子が健気で涙が出たわ」

その話を聞いていたスタッフさんは、「私も年子やねん」と言った。

「しんぼうばっかりさせられた。『お姉ちゃんやから』といつも言われた。お姉ちゃんいうても、たった一つしか違わへんのにって思って、中学生になったとき、そのことを親に手紙書いてん。怒られたけど、それから呼び名が変わってん。お姉さんになってん！」

二人で笑った。なんだか落語みたい。

（平成二十四年二月八日）

大きな大きな誕生日プレゼント

昨日のことだった。ウォーキングに出かける用意をしていたら電話が鳴った。ほーちゃんからだった。

「いま、ヒマ?」

孫からのお誘い。すぐ「ヒマよお」と言ってしまう。可愛い孫からだもの、仕方がないよね。

「ゲームせえへん?」

「教えてくれる?」

ウォーキングはやめて、ほーちゃんの家に向かう。

電話のとき、ちょっぴり心の奥で思っていた。今日は私の誕生日。もしかして、オメデトウの大合唱があるかも……。そんな期待を胸に出かけていった。

でも、期待ははずれた。ほーちゃんと弟のこうきちゃんのお守りをした。

風船がパチンと割れたような気分。帰り道、思い直してスーパーに寄って、私の好きなにぎり寿司を奮発した。

家に向かう途中、向こうのほうから主人が自転車でやってきた。よく本屋さんに出かけるので、これから行くのかなと思い、何も聞かずに別れた。

少しして主人が帰ってきて、白い紙箱を私の前に差し出して、「お誕生日おめでとう」と笑って言った。

それは上等のケーキ屋さんのケーキ。わざわざ買ってきてくれたのだ。紙箱の中には四個入っていた。でも、我が家は三人家族。私に「二つ食べよ」とやさしい言葉。よかった。世界中でひとり。ひとりでいい。私のそばに一番やさしい人がいた。温かい心を配達してくれる人がいる。私は自分の幸せに酔ってしまった。

それから一日たった今日、気がついた。

三歳のほーちゃんからお誘いの電話があって、七カ月のこうきちゃんのお守りすることができた。これも、大きな大きなプレゼントをもらっていたのだと。

（平成二十四年二月二十六日）

写真の中の幸せ

私は孫たちが来るとデジカメで写真を撮っている。この幼い子どもたちの姿は今しかない。この笑い顔が、この泣いている顔が、このはしゃいでいる姿が今しかないと思うと、どれもこれも大切なものに思えるから。

整理した写真を数えてみると、二千枚以上になっていた。

孫たちが幼いときほど、我が家にやってくる回数は多かった。毎日のように子守りをさせてもらって、忙しいけれど楽しい日々を送っていた。

でも、いつしかその回数も減ってきた。覚悟はしているけれど、まだまだママの親孝行は続いていて、こうちゃんのお守りを頼まれると元気がもらえる。

近くで成長が見られるという幸せ。主人が元気でいてくれるから、幼い子どもと過ごせる時間がある。

でも、写真を見ていて、私が写っているものが極端に少ないことに気づいた。写す人がいつも私だから仕方がないか。そう思いながらも、いつも孫のそばに笑って写っている主人のことを、少し羨ましく思っている自分がいる。いつも孫と遊んでくれているのだから当たり前の風景だけれど……。貧しい心の私。

あるとき、「元気が出る言葉ノート」の中に、私のこの心情をプラスに変える言葉を見つけた。

『写真は撮られる人だけじゃない。撮る人がいないと写真はできない。シャッターを押す指に指を重ねて一緒に押してくれるものがある。それは幸福という。』

これからもいっぱい写真を撮ろう。ヤーヤの愛がいっぱい入ってる写真を、ジイジの笑顔と一緒に。

(平成二十四年三月五日)

贈り物がいっぱい

朝からすごくいい天気だったのに、午後二時頃、雨が降ってきた。夜勤の息子を送り出してから、雨も上がったので、四時四十分頃からウォーキングをすることにした。ところが不思議なことに、空は晴れていて日が射しているのに、また雨が降り出す。傘をさして歩く。

雨は天からの贈り物か。

向こうにある六甲山を見ると、山の連なりのところどころに白い化粧が見える。墨絵に描かれた雪景色のよう。もうすぐ四月だというのに、これも天からの贈り物。

ウォーキング折り返し地点の頂上で休む。下の広場で、六、七十代くらいの男の人がステップを踏んでいる。一組の男女の優雅なダンスステップの流れのように、一人で両手を出して空気を抱いて右に左にゆっくり動いている。

私はうっとり見とれていた。

これも贈り物か。

下りの途中、その人と話した。

「忘れるから、練習している」

と言った。

一緒に話しながら歩いて下山する。

男の人はとても博識で、神戸生まれの私でも知らないことをいっぱい教えてくれる。

灘校を創った人はカノウジロウエモンだそうで、住吉川に架かっている橋の名前も次々に教えてくれた。そのうちの一つの橋は、造った人の名前になっているという。

いくつもある橋の名前、今度歩くとき、一つずつ見てみよう。

住吉川沿いを歩くときの楽しみが増えた。


（平成二十四年三月二十日）

やさしい人ばっかり

今朝、六時三十分頃から、激しいめまいと吐き気が襲ってきた。天井がぐるぐるまわる。ふらつきながらトイレに向かう。めまいと吐き気で、とても気持ちが悪い。込み上げる苦しさにトイレでゲエゲエと、声も一緒に出てくる。一階のリビングから私のいる二階に向かって、「大丈夫か」と主人の声がかかるが、返事ができない。ポロポロ涙を流しながら、ゲエゲエをくり返していた。便器に顔をうずめて。

息子の岳ちゃんが私を心配しながら一階に下りていった。

緑色の液体が、ゲエゲエのたびに何回も出た。苦しくて涙が出る。

安静にと思って、ベッドに戻って横になる。

少し楽になったので、近所の内科に行くために服を着た。こんなときでも化粧をした。洗濯機もまわす。洗濯をしている間に病院に向かった。

外は雨だった。季節は冬に逆戻り。とても寒い。風も強い。

病院の待合室で、また気分が悪くなる。患者さんはほかに三、四人待っていて、私の順番はまだだったけれど、気分が悪い私を別室に呼んでくれた。

点滴のため、ベッドに横になると、少しして先生が様子を見に来てくれた。

私だけかな。点滴のとき、いつも寒く感じる。毛布をかけてもらったが寒い。

診察が終わり、受付で別の保険証が必要だったが忘れてきたので、家に取りに帰った。気分がよくならないので主人に届けてもらい、私は二階で横になった。

二時間ほど眠ったら、ようやく気分がよくなった。

そうだ、洗躍物を干してない。キッチンの汚れ物もそのままだ。気がついて、それぞれの片づけものをするため一階に下りた。

すると、お風呂場から何か音がする。戸を開けると、洗濯機の中で丸まって固まりになっているはずの洗濯物が、ハンガーにかけられて風呂場の二本の物干竿に行儀よく並んでいた。ちゃんと浴室乾燥のボタンも押されていた。

キッチンに行ってみた。きっと汚れた食器が私を待っていると思って。

でも、水切りカゴに山積みにされたきれいな食器が光っていた。

なんだか涙が流れた。ありがたくて。

病院から帰ってきたときも、すぐに娘の陽子から電話があった。状態を説明すると、心配して、晩の食事を持っていこうかと言ってくれた。

ほーちゃんとこうき君も声を聞かせてくれた。そのときだけ、いつものヤーヤに戻って笑っていた。


(平成二十四年三月三十一日)

声をかける人

夕方五時二十分、ウォーキングに出かける。

今日も夏が来たように暑い。先日と同じように、持っている帽子の中から一番つばの広い帽子をかぶって出かける。すぐに額に汗がにじむ。

住吉川沿いを十分ぐらい北に歩くと、灰色の大きな鳥が置き物のようにじっと片足で立っていた。彫刻のように美しい。サギという鳥だろう。しばし見とれていた。微動だにしない姿が逞しく、携帯で写真に収めた。

そこを離れてさらに北に向かっていると、私の帽子よりもっと大きなつばのある黒い帽子をかぶった女性がいた。彼女の帽子はパナマ帽のような形で、黒い布が巻かれていて、巻き終わりは大きなリボンのようになっている。

そして、まるでずっと前から私の知り合いだったように親しげに話しかけてきた。

「あの人、素敵ですね」

五十代くらいの彼女が目配せしたほうに目をやると、川沿いの階段に、モデルのように美しく座って水の流れを見ている人がいた。彼女が教えてくれるまで気がつかなかった。

彼女はその人には声をかけず、私にだけすばらしい場面を教えてくれた。私は、「そんないいこと、教えてあげれば?」と勧め、さらに、「私は、いいお話はいつも相手に伝えることにしているのよ」と続けた。

その言葉で伝える気持ちになってくれた彼女と二人で、階段に座っている女性のところまで行った。

「素敵ですね」

見知らぬ女性が二人してかけた言葉に、三十代くらいのその女性は怪訝そうな顔をして「私のこと?」と言いながら恥ずかしそうにしていたけれど、うれしそうにも見えた。やっぱり伝えてよかった。

そのあとは、大きなつばの帽子の人と並んで住吉川沿いを北に向かいながら、いろいろな話をした。

その人が言った。

「私、いろんな人と接したいのだけれど、友達が言うの。『相手が素直にこちらの気持ちを酌んでくれるかわからないから、あまり他人には話さないほうがいい』って。だからできる限り、いいことだと思っても伝えないことにしていたの」

私は違う。いいことはどんどん相手に伝えることにしている。口に出さないと相手はわからないから。後悔したくないから。

私がそう言うと、女性と私の考えが一致した。

話がはずんだ。彼女は名前を松尾さんと言った。並んで話しながら、住吉川沿いをさらに北に歩く。

私は、電車に轢かれて四歳の男の子が亡くなったというニュースのことを話した。テレビニュースで高齢の女性が、子どもが線路の中を歩いているのを見て、「危ないのとちがう?」と声をかけたと話していた。

私はこのニュースを見たとき、深い怒りが込み上げてきた。きっと男の子のお母さんは思っただろう。力ずくでも、それが無理なら誰かを呼んで、どうして助けてくれなかったのかと。声をかけたということは、まだ電車は来ていなかったということだろう。助かった命だったかも……と、親はどんなに悔しい思いをしただろう。

私がそう話すと、松尾さんも同じ気持ちだと言ってくれた。

私は昔、会社にとても静かで影の薄い人がいて、どうしてもその人に声をかけることができなかった。

やがて、その人が自殺した。

それからは考えが変わった。できる限り声をかける人になろうと。

（平成二十四年五月二十八日）

祈りの募金

午前中、ママが用事があるので、下の孫のこうき君を預かる。

幸せな楽しい時間をこうちゃんと過ごした。

ママとこうちゃんが帰ってから郵便局に行った。昨日新聞で読んだ、二歳のさほちゃんに募金をするため。

五十万人に一人という心臓の難病にかかっていることが二歳になってからわかり、治すには心臓移植しかなく、国内では許可されていないので海外で待つことになる。その費用は一億数千万円だという。

どうかたくさんの人が私のような気持ちになって募金に出向いてくれますように……と祈った。

私は決して生活が楽なわけではない。いまだに二重ローンをかかえているし、年金暮らしで、なかなか貯金も増やすことができない。でも、食べることに苦労はしていないし、毎日献立を考える楽しみを持っている。孫を預かる元気がある。だっこする喜びがある。手をつないで歩く幸せがある。

この幸せを、さほちゃんのジイジやバアバにもなくしてほしくない。

新聞記事を読んでいて、さほちゃんが自分の孫のように思えて涙があふれてきて、さほちゃんの笑ってる可愛い写真が涙でにじんだ。

「神戸にも、さほちゃんを想っているバアバがいるからね」と、笑って新聞の写真に話しかけた。

募金の名前はジイジにした。二人で祈っているからね。

（平成二十四年六月二十日）

大雨の日の神様

今日は近所の公園でお祭りがある。買い物の前にのぞいてみたくなった。

午後一時三十分頃に家を出た。暑い。山のほうを見ると、空が黒い色に染まっている。この辺りの空は、山のほうとは違ってきれいな青空だ。雨は大丈夫だろうと、洗濯物は入れず外に干したままにした。

晴雨兼用の傘をさして、赤い長袖の上着をはおって、スカートはサーモンピンクのギャザースカート。黒いサンダル。

早足で歩いたので汗びっしょりで公園に着くと、お祭りは三時頃から始まるためか、まだのんびりと用意をしていた。公園のまん中にはヤグラが組まれていた。盆踊りもやるのだろう。

私のように早くから見に来る人はいないのか、まだ閑散としていた。

スーパーで買い物をすませて出てきたら、空が薄暗くなっていた。近くのほかのスーパーでも買いたいものがあったので、空を気にしながら、空に向かって「もうちょっとだけ待ってね」とお願いしながら別のスーパーに入った。

すると残念、買い物を終えて出てきたら雨になっていた。

傘をさして足早に歩く。途中から大粒の雨に変わる。カミナリが鳴る。雨が地面にたたきつけるように降り、大きなはねかえりの玉になって見える。こんな雨、家の中から見ていたら「すごい雨！」と思うだけなのに、今、私はそのまっただ中の人になっている。

雨はどんどん大粒に変化していった。どこか避難するところを見つけなくては……。探しながら歩いたが、こんなときに限って見つからない。ずぶぬれになりながら、少しでも家に近づきたく歩いた。

スカートが、水が絞れるくらいぬれた頃、やっと大きなマンションの一角の駐車場に身を寄せた。

雨が少しでも小降りになってくれることを願いながら雨やどりさせてもらった。

四十分ぐらいたった頃、女の人が車のところに行くのが見えた。無断で雨やどりしているので深く頭を下げた。やさしかった。「いいですよ」と言ってくれた。そして、私に声をかけてくださった。

「乗りませんか？　お家、どこですか？」

「いやあ、スカートぬれてますので、いいです、いいです」

私は右手を左右に振った。けれど、「送っていきます」と強く言ってくださったので甘えることにした。雨もまだまだ激しい降り方で、女の人の言葉に甘えないと帰れないほどだった。

車の中でお名前を聞いた。渋っていたが、やっと言ってくれた。忘れないように何回も何回も心の中で復唱した。

前代未聞のひどさの雨やどりで、私は神様に出会った。

（平成二十四年七月二十一日）

たけさんと、不思議な「ありがとう」

先日の新聞で見たある人に会いたくて出かけることにした。その人は脳梗塞の後遺症を抱える画家の「たけさん」だ。神戸元町のギャラリーで個展が開かれている。

たけさんは本名を河村武明さんという。会社員をしながらバンド活動をしていたが、二〇〇一年、三十四歳のときに脳梗塞で倒れた。一命をとりとめたが、右手の麻痺や聴覚障害、失語症などの重い後遺症が残った。歌えない、ギターも弾けない、歌も聴けない……。「どうして大事なものばかり奪われるのか」と人生を全否定した。

その気持ちがリハビリ中に変わる。「今まで幸せだったなあ」と考え始め、「死にたい」と思っていたことが恥ずかしくなった。「無理やりでもいいから、今の状況に感謝してみよう」と、自由の利く左手で絵を描くことにしたという。

私は、どん底から再び自分の道を切り開いて努力する人が大好きだ。だから新聞を読んで、すぐに会いに行こうと決めた。

私の本も受け取ってほしい。持参することにした。

ギャラリーにはたくさんの人がたけさんの作品を見に来ていた。こんなに有名な人なのか。会えるかな……と少し不安になったが、そのときはそのときだと考え直す。

いろいろ気に入ったポストカードを手にしながらギャラリーを見渡す。

女性がやさしい顔で応対してくれる。たけさんがいて、その前に座ると、私の前にタブレットが出されたので、そこに自分の名前を書いた。

たけさんは声が出せない。私が書いた名前を見て、カードに何か書いてくれた。

カードには『靖子さんへ　何があってもありがとう。何がなくてもありがとう。たけ』という言葉と、可愛いお地蔵さんとヒマワリのようなお花が二つ描いてあった。

たけさんが書いた『ありがとう』という本を買った。この本を読むと、不思議とどんなことにも「ありがとう」が出てくるようになる。ありがとうと言われて怒る人はいない。だから表紙には『不思議な「ありがとう」のチカラ』と書かれていた。ありがとうを言った者も、とても気持ちがいい。

「ありがとう」は、やっぱり不思議だった。ギャラリーから家に帰るまでの間にも、

「ありがとう」がいっぱいあった。
たけさんに会って、私の心までが洗われたようで、「ありがとう」はやっぱり不思議な言葉だった。

（平成二十四年八月十三日）

本がくれる縁

私は自分が書いた本を本屋さんに出向いて買っている。少しおかしいかな。

私の本が売れますように……と密かに願い苦しむよりも、一人でも多くの人に読んでもらいたいから。

そして、それが一つの輪になって、買ってくれた人にも出会う。「知り合いにプレゼントしてん」と教えてくれたりもする。

今日の十一時頃、郵便局に行き、振り込みをするため用紙に記入していると、窓口のいつも笑顔で迎えてくれる可愛い女性が、席を立って私のそばにやってきた。

「ここに置いてある本を男の人が読んで、『ええ本やなあ』と言っていたよ」

と教えてくれた。

この郵便局の本棚にも、私の出した本『私のまわりの、神様たち』が置かれている。

郵便局のお客さんが本を褒めていたことを、いつか私に言おうと思っていたと言って伝えてくれた。

その言葉を聞いた私の心は、幸せでうれしくてパンパンにふくれあがった。

夕方、ウォーキングに出る。途中で、先日、本をお届けした知人に会ったら、本のお礼を言ってくれた。話をしていると、遠い親戚に芥川賞を取った人がいるという。

名前を聞いて驚いた。その人は高樹のぶ子さんだった。

私が書いた本の縁で、すごい人の名前を聞くことができた。


（平成二十四年十月二日）

ガンバリ賞

午後三時四十五分、ウォーキングに出かける。

住吉川沿いを歩き始めて少しすると、小学一年生ぐらいの女の子が泣きながら走っているところに出会った。「待って、待って」と言いながら。

前方を見たが、誰もその子のほうを振り向いたりしていない。親がいたり知り合いがいたら、きっと女の子のほうを振り向くはずだ。

大きな声で泣きながら走っているその子のことを、対岸を同じ方向に向かって歩いている女性も見ていた。私は女の子の後ろ姿を追いながら歩く。

三十メートルほど先を男の人が走っている。あの人がお父さんだろうか。でも、女の子が「待って、待って」と言っている声を振り払うように前へ前へと走っている。

女の子は泣きながら走っている。決してやめようとしない。すれ違う大人も見ていた。立ち止まって、何事かと。

一回も女の子を振り向かずに走っていたさっきの男の人が、目的地に到着したのか、柔軟体操をしている。そこにやっと女の子が追いついた。やっぱり親子だった。

女の子はお父さんの横に座って泣いている。お父さんは子どもが落ち着くのをだまって待っていた。

心を鬼にして子どもを鍛えているのかな、声をかけたら怒られるかな、と思いながら、私は声をかけてしまった。

「えらいねえ。よくがんばったね」

女の子にそう言ったら、お父さんがこくりと頭を下げてくれた。

やさしい人だった。よかった。

別れ際に、「そうそう、少ししかないけれど」と、私はリュックの中のフルーツ味のアメを二つ、お父さんの手にのせた。

「ガンバリ賞よ」と言いながら。

（平成二十四年十月八日）

スーパーで出会った男の人

夕方四時過ぎ、ウォーキングと買い物を兼ねて家を出る。

歩いて五分ぐらいのところに公園がある。地面に小さなものが見えた。私が近づいても動かない。よく見るとスズメだった。飛び立つ気配はまったくない。フワフワの毛が、しっかりした羽の間から見られる。

子どものスズメだ。

しゃがみこんで見ている私のほうにヨチヨチと寄ってくる。車に轢かれたらどうしよう……。心配になったので、子スズメの後ろに手を伸ばして手の中に包み込んだ。

綿毛のようなやさしい感触が、それ以上に私の心をやさしくさせてくれた。

公園の花のそばに静かに置いた。どこかでお母さんスズメが見ているかも、と期待しながら。

今の出来事を温かい気持ちのまま、心の引き出しにしまいこんだ。

公園を出てしばらく歩いてから、夕食のメインになるおかずがないなあ、と気がついた。午前中から出かける少し前まで、孫のこうちゃんを預かっていたから、作る余裕がなかった。

二歳のこうちゃんは、私にとっては二人目の宝物。家が近いこともあって、こうして預かることがよくある。おかげで私は元気をもらっている。

リュックを背負ったままスーパーに入る。

リュックの中には、ウォーキングで知り合ったお友達に差し上げようと、私が書いた本が入っている。

惣菜売場をのぞく。私は手作りが好きなので、めったに惣菜ものをメインにはしないけれど、今日はやってみたくなった。

どれにしようかと品定めする。私の横では若い男女が楽しそうに惣菜を選んでは次々とカゴに入れている。ステキなカップルに見えてほほえましい。私はエビ入りコロッケ、イカのリング揚げ、クリームコロッケをカゴに入れた。あとはサラダを作ろう。メインが決定したら心が軽くなった。

スーパーを出て家路につこうとしたとき、後ろのほうから「すみません、すみません」と呼ぶ声がした。まさか私ではないだろうと思いながら振り返る。さっき見かけたあのカップルの男の人だった。そばに女の人はいない。

男の人は、大きくふくれあがったレジ袋を両手に持って走ってくると、「駅はどこですか？」と聞いてきた。

「私もそっちのほうに行きますから、一緒に行きましょ」と言って、二人で向かった。私の家を通り越して、わかりやすいところまで行くことにする。

歩きながらいっぱい話をした。リュックの中の本を、この人にあげたくなった。さっき子スズメがいた公園のところに来た。

男の人は中国の人で留学生だという。とても日本語が上手なので、中国の人とは夢にも思わなかった。

本を差し上げるときに、私は自分の名前と電話番号を書いて渡した。その人も、名前と住所まで書いてくれた。

夜、この出来事を主人に話すと、「世の中にはいろんな人がいるから、どんなことに巻き込まれるかわからへん」と注意された。

でも私はどうしてか、いい人とばかり巡り合っている。

私の本が中国にまで渡るかもわからないなあ……と思うと、主人の言葉も幸せの予感に変わっていった。

ただ、仏壇の父と母には手を合わせた。

どうか、いい人でありますように。


（平成二十四年十月十二日）

花嫁の髪

昨日、テレビを観て知った。

そこには私の知らない世界があった。私がもっと若い頃にそれを知っていたら、その活動に協力するために、きっと髪を伸ばしていただろう。

テレビ画面には、ウエディングドレスを着た美しい花嫁がいた。よく手入れされた黒髪が胸のところまであった。

結婚式に参列している人たちの前で花嫁が笑っている。ダンナ様が花嫁の美しい髪を手に取った。そして、ハサミが動いた。バッサリと髪の毛の束が花嫁の体から離れた。四十センチぐらいあるだろうか。その束を花嫁が手にして笑っていた。

花嫁は、明るくて、美しくて、とても幸せそうだ。プロの美容師さんらしき人が、花嫁の首の辺りで髪をきれいに切りそろえた。

長い髪のときの花嫁と、短くなった髪の花嫁。二人の花嫁に出会ったみたい。どちらも美しい。

その髪は、三年間伸ばし続けたものだという。

そして、切られた長い髪は花嫁の思いを持って旅立った。これから誰かのために生かされるのだ。病気などで髪を失った子どもたちのカツラになるため集められている。なかなか集まらない人毛。多くの人毛が必要で、そういう活動があることを、私はこのテレビ番組を観るまでは知らなかった。

ある美容師の男性がこの運動を始めたという。

もっと若い頃に知っていたら、私も協力できたのに。この番組を観た人が、私と同じ気持ちになって、協力という形で行動を起こしてくれたらどんなにいいだろう。

花嫁は、また髪を伸ばすと言っていた。三年かかる。それをカメラの前で約束した。

世界一美しい花嫁だった。


（平成二十四年十二月十一日）

『大好きなおばあさん』

「ヤーヤ、この本読んで」と、いろいろな本が並べられている本棚から、ほーちゃんが『私のまわりの神様たち2』を持ってきた。表紙にぬいぐるみの動物の絵が描かれているので、絵本だと思ったのかな。

「これ、絵本と違うの。ほーちゃんのことも書いてあるよ」

「そんなん、恥ずかしいやん」

ほーちゃんやこうき君が「これ読んで」と言ってきたとき、「ハイ」と言って読んであげられる本だったらうれしいなあ。

ほーちゃんのおかげで、次に出す本の中にはそんな世界も作ってみようと思った。

応募してもいつも落選している童話だけれど、私は私の書いたものにほのぼのとした心をもらっている。その中から一つだけ選んでみよう。

どれにしようかな。うれしい迷いが始まった。

『大好きなおばあさん』

桜がいっぱい咲いています。遊び疲れたボクは、お花の下で、まんまるくなって日なたぼっこをしていました。桜の花びらの一つ一つも、やっと春らしくなってきたことがうれしくて、隣の仲間にささやいています。桜のお話を聞いていたボクは、気持ちよくなって眠ってしまいました。

そばを歩いていく子どもたちの笑い声で目が覚めたボクは、慌てておばあさんが待っているおうちに走っていきました。

心配しているおばあさんを少しでも早く安心させようと、前から知っている近道を行くことにしました。

走り出したとき、ボクの前を女の人が歩いていました。その人を追い越して細い道を曲がろうとしたとき、後ろから「シロちゃん!」という大きな声が追いかけてきました。さっき追い越した女の人の声です。

シロ? ボクのことかな? ボクはシロではありません。でも、たしかに女の人はボクに向かって「シロちゃん」と言いました。そして、「シロちゃん、どこ行くの？」と、道の真ん中で立ち止まっているボクに言いました。

どうしてボクのこと、シロちゃんって言ったのかな？　この女の人のところに、シロちゃんっていう猫がいるのかな？　それともボクの自慢の毛がまっ白だからかな？　おばあさんはいつもボクをお膝にのせてブラッシングしてくれます。ボクはお膝でウトウトしているときが一番好きです。

ボクは道の真ん中で立ち止まったまま考えました。そして、頭だけまわれ右をして、声をかけてくれた女の人を、「だまされないよ！」という顔でにらみつけました。

女の人は笑っています。目が細くなっています。ボクはわかったのです。この人はいい人なんだ。前にボクに石を投げてきた男の人は目がつり上がっていたよ。でも、この女の人はボクのおばあさんと一緒の目をしているよ。

ボクは赤ちゃんのとき、ダンボール箱の中で泣いていました。捨てられていたのです。泣いているその声を聞いて、どこから聞こえてくるのかな、と探してボクを見つけてくれたのがおばあさんです。

おばあさんは子どもがいなかったからか、ボクを大切に大切に育ててくれました。少し大きくなって、お庭を走り回ってお花を台無しにしたこともありました。それでもおばあさんは怒らないで、「元気に育ってくれて、いい子だね」と言って笑っていました。

ボクが高いところに登って下りられなくなったとき、「ニャー！」とおばあさんを呼んだら、すぐに来てくれてだっこして下ろしてくれたりもしました。

ボクの大好きなおばあさんと、女の人は同じ目をしています。よかった。いい人だとわかったから、ボクはやっと女の人のほうに体の向きを変えました。

そのとき、横断歩道の信号が青に変わりました。女の人は、「さよなら」と言って横断歩道を渡っていきました。さあ、ボクもおばあさんのところに帰らなくては。

きっと、おばあさんはいつものようにお庭で土いじりをしながら、細い目をして「ジョンジー、おかえり」と迎えてくれることでしょう。

（平成二十五年三月十六日）

自己満足があるからできること

朝から暗い心を引きずっている。その暗い心の原因はわかっている。私の本を読んだ人からクレームがあったのだ。主人に話せばきっと、「世の中、いろんな人がおるわいなあ」と言うだろうなあ。

『私のまわりの、神様たち2』の最後に書いたパンの話のことだった。それを読んだある人が、「こんなん自己満足やわ」と言った。「私もそう思うわ」と別の知人も言った。

手作りのパンをいただいたあと、帰り道の信号のところでホームレスの人と会い、私はその人にパンをあげてしまった、という話だ。

自己満足だと言った人は、「パンをくれた人に悪いわ。おいしいかどうかも言うかわからへんような人に、私もあげたりしないわ」と言った。

それも一理あると思うが、私はいけないことをしたのだろうか。「自己満足」という言葉がいつまでも心の中を占領している。ナイフが突きささったままだ。マイナスをプラスに変えるのが得意だった私なのに、どうしてもできない。

娘の陽子にそのことを話したら、

「私も、おなかすかせてる人がそばにいたら、あげるわ」

と言ってくれた。やっと心が軽くなった。

心が晴れたのを機に、「自己満足」を分析する余裕が生まれてきた。どんなことにも自己満足があるから前に進むことができる。三度三度の食事作りだって、挨拶をすることだって、誰かに手紙を書くことも、些少なりとも寄付することも、みんな自己満足があるから行動に移せている。

そして、それを天の神様が見ている。ときどき、私に明るい心をプレゼントしてくれる。それが今日は、私の大切な娘、陽子だった。


（平成二十五年三月二十一日）

百歳を超えたご老人の話

主人と町内の親睦会でベイシェラトンホテルに出かけた。

八人掛けのテーブルで私の隣に座った人が、お母さんが百七歳で亡くなったことを話してくれた。その人の前の席の人は、百二歳で亡くなったという知り合いのお母さんの話をした。

とてもおめでたい話のように思えて、温かい気持ちで聞かせてもらった。話をしてくれた二人の女性は近所の人たちだが、これまで言葉を交わしたことがなかった。

百七歳のお母さんは、亡くなるまで一回も「ありがとう」の言葉を言わずに逝ってしまったという。百二歳の人は一人暮らしをしていて、息子さんが一日三回薬を飲ませるために通っていたが、息子さんにとてもきつく当たり、笑顔すら見せなかったという。あるとき、その女性が百二歳のおばあちゃんにこう言った。

「ありがとうって、息子さんにお礼を言わなあかんわ」

するとおばあちゃんは、息子さんに一回だけ「ありがとう」を言った。おばあさんも息子さんも、いつも二人してきつい顔をしていたのに、その言葉で息子さんがとてもやさしい顔になったという。

その女性の話は続く。

ある老人はお金持ちで、とても高価な洋服や宝石を持っていたが、それがどんどんなくなっていく。どうやら姪が来たときにいろいろ持って帰っているらしい。

あるときその姪が、老人のものだった真珠のすばらしいネックレスをつけてきた。姪が勝手に持って帰っているのなら、それを身につけて老人の前に来るはずがない。

そこで本当のことがわかった。老人は認知症になっていたのだ。

老人自身は覚えていないが、姪が「これいいね」などと言うたびに、「あげるわ」と言っていた。バッグも洋服も宝石も、みんな老人が自分から姪にプレゼントしたのに、すっかり忘れてしまっていたのだ。

「だまって持って帰ったものなら着てこないでしょ。あげたから身につけてきたんよ」

と女性は話したという。

姪御さんも、おばさんからいただいたものを大切にしているから身につけているのだろう。

こうして人が集まるところに来ると、いっぱい人生の勉強ができる。今日も大きな徳をいただいた気がする。

（平成二十五年六月二十四日）

ケーナを吹く人

夕方四時十分、ウォーキングスタート。久しぶりに歩く。最近は暑いのを理由にして、もう十日以上も歩いていなかった。

あいにくの雨。ピンク色の長袖のシャツを着る。先日アウトレットで五百円で買ったものだ。傘もピンクでおそろいの色。楽しい。やっぱり明るい色はいい。

雨が続いているので、住吉川の水かさが高い。そして流れも速い。こんなところに落ちたりしたら、とても助からないだろう。助けることもできない。

ウォーキング折り返し地点の頂上に着いたが、雨にぬれていて腰を下ろすところがない。探してみると、屋根付きの休憩所に木のベンチがあった。いいところを見つけた。

頂上から下界を見下ろしながら、持参の手帳に書き込みをしていた。

そこで、ケーナを吹いている人に出会った。以前もこの人と会ったことがあり、たて笛のようなものを吹いていて、そのときに「これはケーナという楽器で手作りだ」と教えてもらった。

私とケーナを吹く人、それぞれに好きなこととして時間をつぶす。

ケーナの心地よい音色をバックにペンを走らせている私。なんと贅沢なことか。

そうそう、以前会ったときに、「私もハーモニカ吹いています」と言ったら、「合奏しましょうよ」と言われて、「とてもとても」と手を横に振ったことがあった。

でも、そんな日が来たらいいなあ。

（平成二十五年六月二十六日）

揚げたてのドーナツ

六月頃から歯医者に通い始め、今日は最終の治療日だった。

帰りに、ずっと楽しみにしていた駅のそばにあるドーナツ屋に寄った。治療中だったし、そのうちの数回は口の中が麻痺状態で寄ることができなかった。だからとてもうれしい。

一番シンプルなドーナツとホットコーヒーを頼むと、「今、揚げていますので、あとで席までお持ちします」と言われ、コーヒーだけ持って席に着く。

このお店に寄ると、いつもは先に席を確保してから注文に並ぶのだが、今日はどの席も空いていない。少し待っていたらカウンター席が空いた。よかった。

でも、カウンター席に座ったことがないので少しぎこちない。そんな私のところに、揚げたてのドーナツがお皿にのってやってきた。ナイフとフォークが添えられている。

揚げたてのドーナツを口にする。ナイフとフォークをもちろん使って。いつも手で割って口に運んでいたのに、ナイフとフォークを使うことで、とても高級なドーナツをいただいているみたい。

歯の治療のあとの麻痺もなくいただくことができた、温かいフワフワのドーナツ。「おいしい！」の言葉が口の中で運動会していた。グルメリポーターの彦摩呂さんのように、私もドーナツのおいしさを心の中で表現していた。

そして、やっぱり口の中で「おいしい！　おいしい！」が走り回っていた。

（平成二十五年七月八日）

〝人間国宝〟の大道芸人さん

今日はいつもと違う道を歩こう。電車を降りてからそう考えた。この間、認知症にならないようにするためには同じところばかり歩かないほうがいいと知ったから。

地下道を隣の駅方向に向かって歩くことにした。この地下道は終点でデパートにつながっている。そこで少し買い物をして地上に出た。

交差点のところに人が集まっている。何かな？　近づいてみる。

男の人が何か話していて、その人を囲むたくさんの人々。男の人は若そう。でも顔には白い仮面をつけていた。

珍しい。大道芸人だった。どこかでこの人を見たことがある。でも思い出せない。

そうだ、テレビで観たのを思い出した。

すばらしい話術と芸、最後のほうでは水晶玉が数個、命が吹き込まれた生きもののように指の間を流れてゆく。

観客たちはみんな満足していた。

ショーが終わってから、私はすばらしい芸に感銘したことを心から彼に伝えた。そして、「どこかで観たことありますねえ」と言うと、テレビに出たということを話してくれた。

彼はトランクを開けて、あるものを大切そうに私に見せてくれた。それは、私が毎日のように観ている関西テレビの「よ～いドン！」という番組のワンコーナー「となりの人間国宝さん」の本物の認定証だった。

最高の芸を見せて私たちを楽しませてくれた仮面の人は、本当に宝物だと思った。人間国宝さんにピッタリだった。


（平成二十五年七月二十七日）

外出するとうれしいことがいっぱい

熱中症になってはいけないので、今日はウォーキングはやめようかなと思ったが、やっぱり夕方に出かけることにした。

住吉川沿いの道を歩く。途中、小学生の男の子が三人、大きな木の上のほうを見ていた。そばにはその子たちのお母さんだろうか、同じように木の上を見ていた。「どうしたんですか？」とお母さんに聞いてみると、「巣がある。カラスの巣がある。あれ」と言って、子どもの一人が教えてくれた。

子どもが指さすほうを見た。枝の一つに、丸い何かで編んだようなものが見える。ドッジボールのボールぐらいの大きさだろうか。初めて見たカラスの巣だった。

ウォーキング折り返し地点の頂上から帰路に向かう。途中、幼い男の子が「コンニチハ」と声をかけてくれた。うれしくて、「えらいねえ、挨拶ができて」と声をかけた。そばでお母さんが笑ってる。私の後ろ姿にまた「バイバイ」と声をかけてくれた。

やっぱり家の中にいるより、一日に一度は外に出よう。こんなに世界が広がる。どんな高価な薬よりも私を楽しくさせてくれる〝愛〟というお薬が、私の心を開けてくれる。

とてもうれしい気持ちをふくらませながら家路についた。

（平成二十五年八月三日）

包丁さん、長い間ありがとう

先日、通販で包丁を買った。届いてから新しい包丁で料理をしている。でも、以前からの包丁もそのまま包丁立ての中に。

主人が「もう使わないのだったら捨てたら?」と言った。主人のその言葉がなかったら、捨てられなかっただろう。危なくないように新聞紙でくるくる巻いて、セロテープでとめて、燃えないゴミを入れるゴミ箱に「ありがとう」と言って入れた。

翌日、あの燃えないゴミ箱に入れた包丁のこと考えた。これまでどんなにお世話になったか……。申し訳ない気持ちで、私は包丁をゴミ箱の中から取り出した。

思い起こしてみよう。包丁と私の関係を。

阪神・淡路大震災から数カ月間、家を失った私たちは学校で暮らしていた。はじめは一教室に四家族が世話になっていた。だんだんとほかの家族たちは出ていったが、私たちはなかなか仮設住宅の抽選に当たらなかった。

夏になる頃、ようやく神戸の仮設住宅に当たった。そこでは、越してきてすぐに生活ができるように調度品がそろえられていた。その中に、この包丁があったのだ。あれから十八年。毎日毎日、包丁を使わない日はなかった。家族五人が四人になり、今は三人の食事を作る手助けをしてくれていた。一日たりとも休む日はなかった。ずっと働いてくれた包丁。我が家にとって、かけがえのない包丁だったのだ。

ゴミ箱から取り出した包丁の絵を描くことにした。写真を撮って残すこともできるけれど、でもなぜか、絵に描いておきたくなった。

画用紙を広げて描いた。色鉛筆で色を塗った。我ながらよく描けた。

それからまたくるくると新聞でくるんで、包丁に深く頭を下げた。

「ワタシモ、タノシカッタヨ」と、少し刃が欠けている包丁がささやいた気がした。共に歩いてきた包丁。私にとっては誰よりも深くつながっていた絆を、ずっとずっと未来にまで絵として残せたことに安堵した。

（平成二十五年九月七日）

声が出ない！

朝、起きたら声が出ない。こんなこと、経験したことがない。七十歳を過ぎて、まだ初めての体験があるなんて。

昨晩ちょっとのどがおかしかった。息子の岳ちゃんに、「明日、もしかしたら声が出ないかも」と言っていたらそのとおりになった。

声が出ないということがどんなにつらいことか。話をしたくて、出ない声を振りしぼって出そうとする。相手に伝えることができないもどかしさ。

主人は、「だまっていていいよ。無理せんでいいよ」と言ってくれるが、ついいつものように話そうとしてしまう私。とても苦しい。でも話したい。

言葉を発することができない人が、一生懸命に声を振りしぼって話そうとしている場面を見ることがある。苦しいけれど相手に伝えたい。私も同じだった。

主人がしゃべらんでもいいと言うのは、やさしい気持ちからだと思うが、声が出せない者からすると、それをしなかったら心まで真っ暗闇に落ちてしまうような気持ちになる。私はそうなりたくない。だから、出ない声を出そうと努力した。

こうちゃんとほーちゃんがママと一緒に、お彼岸のお供えを持ってきてくれた。

こうちゃんが、葉っぱのおみやげをくれた。ジイジには小石をくれた。私が小さな小さな声で「ありがとう」と言ったら、「もっと大きな声で言うて」と、大きな声でこうちゃんが言った。ヤーヤがふざけて小さな声で言ったと思ったみたい。

あなたはいつも私に笑いをくれるね。

こうちゃんはお笑いの天才だよ。

（平成二十五年九月二十三日）

履歴書を書く人

数日前から、私は夕方五時頃に出かけている。それは図書館に通うためだ。九月頃に近所に図書館ができた。これまでは大きな町に出なければ図書館はなかったので便利になった。ウォーキングのついでに、新しくできた図書館に寄れる。外に出ると気持ちが休まる。家の中ではボヤッとできない。いつも何かをしている性格なので仕方がない。だから、自分をリラックスさせるために外に出るようにしている。

五時頃に出かけるのは、それまでに夕食の用意をすませておくため。

新しい図書館で本を選ぶ。まだ慣れていないので、どこに何があるか探す。それが私にとっては心が休まる。

図書館の机に向かって本を広げる。書きものをする。料理の本を広げて、作りたいものをメモしていく。

散歩も兼ねての一時間を有意義に過ごすため、時間の配分をする。一日の時間は誰にでも平等だ。そして、その使い方によってイライラは解消される。私の横に四十代ぐらいの男の人が座っている。机の上には本はなく、紙が数枚あった。男の人はそれにペンを走らせている。

紙の上のほうに「履歴書」という印刷文字が見えた。男の人は、きれいな字で記入していた。

どうか仕事が見つかりますように……と、このとき私は隣の男の人の親のような気持ちになっていた。

（平成二十五年十月九日）

五百円玉が教えてくれたやさしさ

今日はスーパーで安売りがある。それは明日が定休日だから。チラシをすみずみまで見て、その中から安いものを探す。買いたいものに黒のマジックで丸をつけ、たくさんの品々をメモに書き入れた。この品物を主人が買ってきてくれる。自転車で。

ある人に聞くと、ご主人に買い物を頼むととてもいやな顔をして出ていくので頼みづらいらしい。それに、頼んだもののほかに、必ずご主人の好みのものが増えているという。

ありがたいことに、我が家の主人はいやな顔をしたことがない。いつでも「行ってこようか?」と言ってくれる。私は家で待っている。

今日は主人が買い物に出たきり、長いこと帰ってこない。安売りをねらってたくさんの人が来ているからだろう。「長い列でレジに時間がかかる」と以前に主人が言っていたっけ。

ようやく主人が帰ってきた。「おかえり」と、庭に自転車をとめている主人に声をかけた。自転車の前カゴには、レジ袋が大きなかたまりとなって二つも収まっている。

「いっぱいの人だったでしょ」

家に入ってきた主人は、両手に持ったレジ袋をデンとテーブルに置いた。

ズボンの右のポケットをまさぐって、おつりをテーブルの上に置いてゆく。一円玉、五円玉、十円玉……あれえ？　と言うように、主人が不思議そうに何回もポケットに手を入れる。「おかしいなあ」と声に出した。

私の大好きな五百円玉がなかなか出てこない。

五百円玉は、我が家の貯金に一役買っている。お札の貯金はなかなかできないが、五百円貯金ならできそうだと、買い物をするときは、おつりの中に五百円玉がまじるようにお金を払うよう心がけている。

主人が「ないなあ」と軽く言って、二階へ上がっていってしまった。

私はそれが気に入らなかった。怒りがふくらんできて、パンパンの風船がバーンとはじけたように、私の心が切れた。理性をどこかに飛ばしてしまった。二階にいる主人にぶつけたい気持ちを、パンパンと大きな音をさせて、そばにあった空のペットボトルを壁に投げつけた。

何回目かの音で二階から下りてきた主人は、やっぱりやさしかった。スーパーに、「五百円玉が落ちていませんでしたか」と電話したあと、「自転車で探しに行ってくるわ」と出かけていった。

「そんなん、見つからへんわ」と憎たらしい言葉をかける私。

やがて主人が帰ってきた。「あった。あった」と言いながら。

「右のポケットばっかり見ていたからなかってん。左のポケットにあったわ」

主人の手の中に、私の大好きな五百円玉が光っていた。

主人が二階に上がってから、不思議なことが起きた。私の心に主人のやさしい心が伝わってきて、同じようにやさしくなってくる。なんとやさしい人か。それをまた今、気づかせてくれた。

やさしい主人の心と私のやさしい心。二つのやさしい心が混ざって、私は二階の主人のところに行く。さっき主人の手の中で光っていた五百円玉を持って。

「これ、怒り賃。今度から怒ったらお父さんに五百円あげるわ」

怒るたび主人にあげるのはくやしい。もう怒ったりしないぞ。五百円貯金がいっぱい貯まるようにガンバルぞ。

そしてたくさん貯まったら、あなたと一緒に楽しいところに行こうと決めた。

（平成二十五年十月二十二日）

はじめての干し柿作り

昨日、主人と二人で干し柿を作った。私は柿の皮をむくだけ。あとは全部主人がしてくれた。

主人が田舎生まれでよかった。私は神戸で育っているから、知らないことがたくさんある。自然のことに関しては主人が物知りなので、どれだけ私は得をしているか。干し柿を作ることも、主人のおかげで一つの体験として学ぶことができた。

この柿は我が家の守り神様。もう二十年近く私たちを見守ってくれている。

母が柿の種を庭に棄てていたのが、いつしか木になって大きく育った。

阪神・淡路大震災で家が焼失し、庭の木々も燃え尽きたのに、数カ月すると、私たちに希望を与えてくれるかのように、小さな小さな木が生まれてきた。違う場所に移動させたくてもビクとも動かず、今の場所を定位置として育った。毎年毎年、大きくなった。その場所は母の部屋がよく見えるところだった。

けれど、どうしてか、母が生きている間は、実はなってもポトンポトンと地面に落ちていた。母が亡くなって三回忌のときは、青い実がいつもよりたくさんできたが、赤い色にはならなかった。今年、七回忌を六月の吉日に行った。

「桃栗三年柿八年」と言うが、今年は大変な猛暑にも耐えて、美しいヒスイ色の柿が鈴なりになって母の部屋を見下ろしていた。

母が、今年こそはと応援してくれたのか。

十一月になって取り入れたこの柿を、ほーちゃんも、三歳のこうちゃんも見た。取り入れるときは、ジイジが物置きの屋根に上がり、ほーちゃんとこうちゃんがカゴを持ち、大切に大切にジイジがカゴに入れた。私も孫の横に並んでカゴを持つ。大きなつやつやの柿がカゴの中に増えてゆく。鳥がついばめるように、二つの柿を枝に残すことにした。柿の木の下で、家族がお祭りのように楽しんでいた。

今日、その柿を大きな袋に入れ、渋抜きのため焼酎をスプレーでかけて密閉した。一週間くらいこのまま冷暗所で保存する。

残りの柿を干し柿にするため、主人に教えてもらいながら、二人で楽しい作業が始まった。
知らない世界がまた広がってゆく。

（平成二十五年十一月二十二日）

思いがけないクリスマスプレゼント

主人が、四国の郁ちゃんが送ってくれた「紅まどんな」というミカンを、「あの人に持っていってあげたら？」と言ってくれた。うれしかった。

あの人とは、深川さんのこと。電車の中で偶然出会った小さな女の子が取り持ってくれた縁で、心をひらくお友達になった人。

朝、洗い物をしながら主人と話していたときに、「こんなおいしい果物、うちだけで食べるのもったいないね」と私が言ったからだろう。

主人の言葉で、私はがぜん動き出した。午前中から夕食作りに励む。深川さんはお仕事をされているので、紅まどんなと一緒におかずも持っていってあげたいから。

三時三十分頃に電話したら、四時頃なら家にいると返事があった。その頃を見計ってお宅におじゃました。

ところが、行ってみると深川さんからプレゼントをいただいた。クリスマスプレゼント。

クリスマスプレゼントなんて、ずっとずっともらっていなかった。誰かにしてあげられることばかり考えて楽しんでいた私の手に、突然届いたプレゼント。

大感動だった。

お話をしていてわかった。早く家に帰ってきてくれたのは、買い物の途中のご主人からの助言だったことを。私が散歩の途中に図書館に寄ることを知っていたからだった。

お互い主人の言葉で、喜びがふくらんでいった。


(平成二十五年十二月二十二日)

レンジのコーヒーが爆発

鼻のところに赤茶色のしみが二カ所、まだ残っている。ヒリヒリしている。これは一週間ほど前の私の不注意の名残だ。

少くなくなったコーヒーの入ったカップを温めようとレンジに入れたら、温め終わって扉を開けた直後、大きな音と共にコーヒーが飛び散り、顔面を直撃した。

その瞬間、花火のように私の顔にコーヒーが振りかかった。幸いにも目は眼鏡が守ってくれて、熱湯のしずくを受け止めてくれた。眼鏡と鼻の下に一番多くかかった。

その痛みは、ヒリヒリ、ヒリヒリと、以前指を火傷したときと同じだった。

去年の五月、右手親指を火傷したとき、ホンの小さな火傷だったのに耐えられない痛みですぐ医者に走った。そのとき、こんな小さな火傷でもこんなに痛いのだったら、事故などで全身大火傷となると死ぬほどの痛みだろうなあ……と教えられた。

その後、コーヒーの火傷にはカサブタができた。それが白い固まりとなって、ちょっと汚い話だが、まるで鼻水が乾いたように見えた。

恥ずかしい姿……。

それが取れると、赤黒いしみが残って、「これからは何事にも油断しないで用心してね」と教えてくれているみたいだった。


（平成二十六年一月十六日）

夫への手紙

今日の新聞に感動の投稿記事があった。何回も読み返した。涙が止まらない。止めどなく頬を伝うとはこのことか。

それは「やり残したことないよ」という題で、重い障害のあった息子さんを三十一年間、夫婦で支えてきたという話だった。息子さんを見送ったあと、今度はご主人ががんになり、奥さんは「寿命なんて誰にもわかりませんよね」と医師に言ったが、その半年後にご主人は旅立ったという。

二人の家族を見送って、「やり残したことないよ」と言える強さに感動した。

私は二年前、ある行動を決行した。それは七十歳を迎えたときだった。六十九歳までは、まだまだ未来が続くと思っていた。七十歳になったとき、初めて「死」というものを実感した。いつまでも生きられるものではない、一日一日がどんなに大切かと、たった一年の違いなのに一日の重みが違って感じられた。

だから、さっそく行動に移した。思っているだけでは相手に通じない。まず、思い残すことがないように夫に手紙を書いた。子ども二人と孫二人にも書いた。それをファイルに入れ、他のファイルと一緒に立てかけた。

夫に書いたのは、次のような手紙だ。

弘二郎様

コーさん、結婚する前のこと、覚えていますか。私が病気療養のため一カ月ほど会社を休みましたね。あなたは毎日毎日手紙をくれました。

大阪で寮生活をしていたあなたが、神戸の私のところに送ってくれた手紙。普通の切手でも次の日には届いたでしょうに、いつも速達の切手が貼られていました。天井を見ながら暮らしている私には、その手紙がどんなにか楽しみだったことか。

あるとき、病気が悪化して黄疸がひどくなり目が見えにくいと伝えたら、次の日からは大きな大きな字が並んだ手紙が送られてきました。その大きな字を見て、なんとやさしい人かと心が温かくなりました。

同じ会社で、私は総務課であなたは現場で、あなたはいつも汗びっしょりになって仕事をしていました。人一倍働く人で、大きな体に大きな安全靴のあなたが事務所に入ってくるたび、誰よりも男らしく逞しい姿を見てまぶしく思っていました。シャツにはいっぱい飛び散った赤や青や黒色のペンキが美しく輝いていました。なりふりかまわず仕事をしているあなたを見るのが楽しみでした。

山が好きで、山登りのクラブを作ったりしましたね。あなたのおかげで楽しいことがいっぱいありました。

五人兄弟の四番目だったあなた。あなた以外はみんなお見合いで結婚しています。あるとき、結婚して数年たってからあなたがポロリと言いました。私たちは相性が悪いと、ご両親が言っていたと。それがもう四十六年になるのですね。

四十六年前、私を選んでくれたあなたに、心からありがとうと伝えたいです。

平成二十四年七月二十八日

靖子

（平成二十六年一月二十二日）

息子の岳ちゃんへ

岳ちゃんにずっと前、聞いたことがあるね。「親孝行したことある?」って。

「ない!」とすぐに答えたね。

でも、本当はいっぱい、いっぱい、親孝行しているよ。

この世に生まれてきてくれたこと。大きな病気もせず今に至っていること。

今朝、私が起きたときには、もう家にいなかったね。朝早く会社に行って、夜遅く帰ってくる。それが毎日のように続いています。それでも一度も不平を言わず、元気に帰ってきてくれて、遅い夕飯を食べたあと、「ごちそうさん」と小さい声で言ってくれます。

いつもお父さんと話しているの。一回も愚痴を言わないなあって。

お父さんと二人で、ありがたい、ありがたい、と話しているよ。

岳ちゃんがまだ私のおなかにいた五カ月のとき、お父さんが鹿児島に転勤になりました。もう安定期だったので、家の裏にある百メートルぐらいの山に登ったら、下りてきてすぐおなかが痛くなって、もう少しで大変なことになるところでした。

五月三日に生まれた岳ちゃんは、黄疸がきつくて、母親の私は一週間で退院できたけれど、岳ちゃんはもう一週間病院にいることになりました。神戸から手伝いに来てくれていた私の母に、毎日のように病院に見に行ってもらって、岳ちゃんの話を聞くのが何より楽しみでした。

あなたはいっぱい親孝行してくれているよ。ありがとうね。


（平成二十六年一月二十五日）

英語の勉強

先日から勉強していることがある。

それは英語。

自己流で、テレビなどで知った英文とその日本語訳を単語カードに書き写したりして、丸暗記でいいから覚えることにした。

なかなか覚えられないけれど、何回も何回もくり返していると、ちゃんと頭の中に入ってくるから不思議だ。

一番最初に覚えたのが「お散歩に行くよ！」。これをウォーキングに出かけるときに英語で言う。「頑張って！」も英語で言える。

ウォーキングしながらも、ブツブツと唱えている。

覚えられるのに一週間かかってもいい、一カ月かかってもいい。カードに少しずつ書き足している英語。この中から一つでも自分のものにしてゆこうと思っている。

私には、昔から言える英語もある。

「何かお手伝いしましょうか？」

「何かお飲み物をお持ちしましょうか？」

これを英語で言える。

昔々、もう四十年以上も前のこと、私が勤めていた会社に田中ヨシオさんという人がいて、その人が教えてくれた英話だ。それを私は忘れていない。

教えてくれた田中さんはとっくに天に召されているが、あなたの教えは続いている。

（平成二十六年二月二日）

こうちゃんのおしくらまんじゅう

「ヤーヤ、おしくらまんじゅう、たべられへんのん？」

電話の向こうで、自分でかけてきたこうちゃんが聞いています。その声は半分泣いているみたい。ネェネェに何か言われたのかな。

こうちゃんはこの頃、一人で電話をかけてきます。

「こうちゃん、怪獣のところにかかったらどうするの？」と言ったら、「だいじょうぶやで。〇〇〇の〇〇〇〇やろ。まちがわへんから」と、なんと我が家の電話番号をスラスラと言うのです。そうか、それで日に三回も四回も電話がかかってくるのか。

今日の電話も、とても楽しい疑問をヤーヤに聞いてくれた。幼い頃にだけある発想は、宝石のように輝いている。

ワクワクさせてくれる可愛いこうちゃん、ありがとう。

来年は、おしくらまんじゅうを探しに行く童話を書こうかな。

子どもの頃、「おしくらまんじゅう、おされてなくな！」と言いながら、近所のお兄ちゃんやお姉ちゃんや友達と、地面に描いた丸い円の中で体と体をくっつけて押し合いっこをしたことを思い出す。丸い円から押し出されたら負けだった。

でも、もしかしたらどこかに「おしくらまんじゅう」というおいしいおまんじゅうがあるのかもしれない。

おしくらまんじゅう、売っていませんか？　食べられるおしくらまんじゅう、ありませんか？

見つけたら、こうちゃんにプレゼントするね。

そんなお話、書いてみようかな。

三歳のこうちゃんからヒントをもらった。

（平成二十六年三月十四日）

名前で呼んでみよう

私には高校時代から続いている友達が二人いる。

その学校は、公立高校の受験に失敗して受けた私学で、私は「誰でも入れる学校」だと少し軽蔑していた。でもそのとき、親戚のおばちゃんが、「どんなところでも一番で入ることはすごいことなんよ」と自信が出る言葉をかけてくれた。

その学校で得た友達、藤木さんと川崎さん。

藤木さんとは数年前、私の母の死後に心の行き違いから縁を切ってしまったが、冷静になったときに、とても大切なかけがえのない人だとわかり、また縁をつなぐことができた。

学生の頃から、いろいろな悩みや喜びをいつも二人で分け合ったり、三人で分け合ったりしてきた。会うとすぐに昔の学生時代のように話がはずむ。体は衰えていっても、心の衰えは少しもない。年に数回、お茶をして、時間を忘れるくらい命の洗濯をした。それは半世紀以上の歴史を育み、かけがえのない宝物になった。

先日、久しぶりに川崎さんから電話があった。

「私ね、主人から名前呼んでもらったことないねん」

名前ぐらい、と思ったけれど、とても寂しそうな声だった。

電話を切ってから思った。私はいつも主人からヤスコ、ヤスコと呼ばれている。それが当たり前だと思っていた。私、幸せだったんだ。それなのに主人のことは「お父さん」とウン十年も呼んでいる。厳しい人だったら、「いつの間にあんたの〝お父さん〟になったんや」と言うかも。「お父さんと違うで」って。

だから、新婚の頃のように「コーさん」と呼ぶことにした。

遠い昔、私を元気づけてくれたおばちゃんは、八十代になってもおじちゃんのこと「ハルさん」と呼んでいたっけ。

私ね、何回も何回も「コーさん」って練習してみた。


（平成二十六年四月十八日）

幸せの世界を作ろう

いつものように散歩に出かける。時計は午後四時三十分を過ぎている。もう日焼けが気になる季節なので、帽子をかぶって出る。

近所の公園の西側にある道を北に向かって歩く。向こうからピンク色の上着を着た女性と、杖をつきながらゆっくり歩いている男の人がやってきた。私よりずっとずっと若そうな二人連れ。ご夫婦だろうか。

奥さんと目が合った。やさしい顔で私を見た。私も笑顔を返した。心地よかった。

ご主人の体の不自由さ。途中からそうなったのだろうか。二人してどんなに苦労を重ねてきていることか。それなのにやさしい顔の奥さんを見て頭が下がった。

ご主人はずっと仕事ばかりしていて家庭を顧みず、ギクシャク暮らしていたのかもしれない。だからいつも一緒にいられる今のほうが幸せに思えているのかもしれない。

やさしい菩薩のような奥さんの笑顔に、ふとそんな考えが浮かんだ。

私は子どもの頃に、いっぱいいっぱい苦労した。悲しい思いもした。恥ずかしい思いもした。でも、今はとても幸せ。地獄の中に一本の糸を垂らしてくれて救い上げてくれた人が主人だと思っている。

昔、占い師さんに「老後はいいですよ」と言ってもらった。その言葉によって、すべてのことに感謝が生まれた。

今、老後の世界を生きていて、幸せの世界を生きている。若いときの苦労は買ってでもしろと言う諺がある。それを実証している私。

老後がよければすべてよし。

幸せの世界は誰かが作ってくれるものではない。自分で作ってゆこう。

（平成二十六年四月二十八日）

金のことば

私はいつもすばらしい人と出会う。その人たちから〝金のことば〟をいただく。あ
あそうですか、と頷くだけではとてももったいない。それが〝金のことば〟だから。
いろいろな人生を歩いてこられた人から、その歴史を話していただくことに、尊い
現実の世界が広がる。有名人でなくても、成功者でなくても、みんなそれを持ってい
るのかも。ただ話さないだけなのかもしれない。

今年の四月に知り合った年配の女性。とても気が合って、いろいろ話すことができ
た。昔、お店に勤めていた頃の話をしてくれた。お客さんが見えると、決して高いも
のは薦めず、安いほうを薦めて、「こちらのほうがお似合いですよ」と言う。一回し
か来ないであろうお客さんには、高いほうを薦めるのが普通だと思うが、彼女は違っ
た。だから信用を得て、お客さんが家族まで連れてくるようになった。そして彼女は
そのお店の年間の売上げを倍にしたという。

もう一つ、すばらしい話を聞いた。

去年の夏のことだ。ある人の知り合いのご主人が行方不明になった。とても悲しい現実だと思う。行方不明になった人の娘さんがこう言ったという。

「見つけることができたら、抱きしめてあげたい」

この言葉を耳にしたとき、私は感動で涙した。

行方不明になっている人に伝えたい。あなたには何も恥ずべきことはない。こんなにすばらしい娘さんを育てたのは、あなたとあなたの奥さんなのだから、と。

孫のこうちゃんが三歳の頃、我が家に遊びに来てはいつも歌っている歌があった。テレビで覚えたのだろう。

「へんなおじさん、へんなおじさん」

ジイジが公園に連れていっても、「へんなおじさん」をくり返し、遊びながらでも歌っていた。

「こうちゃん、へんなおじさんがこうちゃんのところにやってきたらどうするの?」

と聞いてみたら、じっと考えて、

「だいだい、だいしゅきっていうよ」

と、大きな声で教えてくれた。

これも〝金のことば〟。

「大好き」と言われたら、みんな笑顔になるね。


（平成二十六年五月十日）

サンバイザー

夕方五時頃に散歩に出かける。歩きながら、「図書館に寄って、それからあそこにも行ってみよう」と楽しいスケジュールを練る。

十分ぐらい歩いてから思い出した。今日は月曜日で図書館はお休みだった。朝、主人と「今日は図書館、休みやねえ」と話していたのに、すっかり忘れて最初の目的地として歩いていた。でも思い出してよかったよかった、と自分を励ました。

方向を変えて、別の道を行く。途中、四十代くらいの男の人が話しかけてきた。仕事着のその人は、私のほうを指さして何か言っている。

紫外線よけのサンバイザーを目深にかぶり、イヤホンで音楽を聴きながら歩いている私。ユーミンの歌声が心地よい。若さまっただ中の私。でもサンバイザーからはホワイトグレーの髪が帽子のような形に出ている。この姿に文句でも言われてるのかな。年不相応だものね。

そう思っていたが、意外なことを言われた。

男の人は私のサンバイザーを指さして、

「それどこに売ってるの？」

文句ではないことに安堵した私に、男の人はちょっぴり照れくさそうに続けた。

「いや、嫁が探してて」

購入した店を伝えて、「やさしいダンナさんですね」と言って別れた。

ダンナさんの笑顔の余韻をそっと胸に抱いて歩いた。


（平成二十六年六月二日）

主人の人助け

大通りの側道の辺りから「ママ！　ママ！」という黄色い大きな声が聞こえてきた。側道から三軒目の我が家まで、その声は何事かと思えるくらいに聞こえてくる。リビングにいた私は、大きなガラス戸からそちらのほうを見たが、それらしき子どもの姿は見えなかった。

私が外を見たとき、主人が私が頼んだ用をすませて帰ってくる姿が大通りに見えた。ところが主人は家のほうには向かわず、姿を消した。どうしたのかと外に出て、あの声のほうに走ると、そこに主人がいた。

「どうしたん？」と主人に声をかけた私の目に入ったのは、自転車が倒れていて、女の人が地面にうつぶせになり、そのすぐそばに幼い男の子が座っている場面。

男の子は主人を見て安心したような顔になった。うちの孫のこうきちゃんより少し大きいみたい。さっき「ママ！　ママ！」と叫んでいたのはこの男の子だった。

女の人はまるでロウ人形のように生気がなく、目をつぶっている。自転車に乗っていて気分が悪くなったのだろうか。子どもを乗せていたまま道の真ん中で倒れていたら車に轢かれていたかもしれないし、そばに心配そうに座っている「四歳」と教えてくれた男の子がママを大声で呼んでいなかったら、誰も気がつかなかったかもしれない。主人が運よく通りかかってよかった。

主人が救急車を呼び、私は家から冷たい麦茶を持ってきたが、女の人には飲む元気もない。

数分して救急車が来た。自転車をうちの庭で預かり、女の人と子どもが救急車に乗った。けれどなかなか動き出さない。これは受け入れ先がなかなか決まらないからだと主人が教えてくれた。

それから三十分ぐらいして、ようやく救急車は走り去った。

主人は今日、人助けをした。神様になった。

(平成二十六年六月十三日)

倒れた赤いポールと中学生

夕方五時三十分頃、いつものように散歩に出る。

近所の小学校の先に信号がある。そこの横断歩道を渡ろうとしたら赤になったので、青に変わるのを待つ。

学校帰りの中学生の男子たち数人が私の前を通り過ぎ、反対側の信号は青なので渡っていった。ところが渡り切ったところで、一人の子が、歩行者を守るために立ててある赤いポールの二本のうちの一本を倒してしまった。

なんだか故意に倒していったようにも見えた。

彼らはそれを元には戻さず、歩いていってしまった。みんなで話をしながら、何事もなかったように。

私が待っている信号はまだ赤のまま。中学生が倒した赤いポールは車道にはみ出ている。知らんふりして行ってしまったが、もし自転車がそのポールに乗り上げて事故の要因にでもなったら、きっと後悔するだろう。

私は咄嗟に、まだ青だった反対側の信号を走って渡った。赤いポールを元に戻すために。

ポールを起こして、先端がネジのようになっているところをぐるぐると回して地面に固定させていると、私のその姿に気がついたらしい、少し先のほうを歩いていたさっきの中学生が戻ってきた。

「すみません。すみません」と何回も言った。

私はその言葉をいっぱい受けて、「いいの、いいの」と笑顔を返した。

戻ってきてくれたことが、とてもうれしかった。

(平成二十六年六月十五日)

パンツクレルネン

ほーちゃんが二時頃、一人で赤い自転車に乗ってやってきた。

小学校二年生になったほーちゃんは、ジイジとヤーヤの家に来るのもだんだん少なくなってきたけれど、今まででもう一生分の幸せを蓄えさせてもらったから、寂しくはない。でも、こうしてひょっこり姿を見せてくれると、ジイジもヤーヤもまた喜びの蓄えを増やすことができるよ。

今日は土曜日で学校はお休み。庭でジイジと遊んでいる。バケツの中にダンゴムシを入れている。ジイジが植木鉢を動かして、湿った黒い土の中にいるのをつかまえていた。ほーちゃんの手の中にダンゴムシがいる。

「ヤーヤ」と、ほーちゃんが庭から呼んだ。

「見て、かわいいでしょ」

ほーちゃんはそう言うけれど、私はどう見ても気持ちが悪い。

ほーちゃんのママも虫が大嫌い。スズムシでさえ気持ちが悪いと言うよ。それなのに、ほーちゃんもこうちゃんも虫が大好き。ナメクジも手で持つことができる。バケツの湿った土の中には、ダンゴムシが十匹ほど動いている。

やがて庭でのジイジとの遊びが終わった。

次はヤーヤと家の中で遊ぶ。

オセロをした。ほーちゃん、強い強い。ヤーヤ、負けてばっかり。それでもうれしい。ほーちゃんとオセロできることが。シアワセダナア……誰かの歌みたい。

オセロをしながら、ほーちゃんが「バアバ、パンツクレルネン」と言ったので、私は「ヘエー、パンツ、クレルノ?」と解釈した。でも正解は「バアバ、パン作れるねん」だった。

全然違う意味になってヤーヤは大笑いしたけれど、ほーちゃんは笑わなかった。ちょっとむずかしかったかな?

(平成二十六年六月二十八日)

こんな私が好き

散歩の帰りにスーパーに寄る。時計は午後六時三十分を過ぎている。いつもより少し遅くなった。でも慌てることはない。いつも夕食の用意をしてから外出しているから。私は朝から夕食の準備に取りかかる。出かけるときにはもう三品から四品は出来上がっている。

みんなに平等に与えられている二十四時間。それをうまく使いたい。イライラしないように配分している。

散歩の帰りに立ち寄るスーパーは、決まった時間が来ると値引きが始まる。それも楽しみの一つ。

肉売り場のところで中年女性が店員さんと話していた。ステーキが一枚入ったパックを見せて、

「これ二百五十グラムあるねん。こんなんみんなでペロッや」

その人が手に持っているパックを見たら、値段が二千円となっていた。それが彼女のカゴの中には、まだ三パックも入っている。度肝を抜くとはこのことか。八千円のステーキを買う人がいる。ドキドキした。

そのドキドキ感を静めるために、私も牛肉のところに行き、大きな勇気を出して、対抗意識も手伝って、肉の塊をカゴに入れた。ステーキではないけれど、ロースト

ビーフでも作るかと、一パック二千円の肉を一大決心して買おうとした。

けれど、いつもの私に戻ったのはすぐだった。カゴの中の牛肉を元の場所に戻し、その代わり、もっともっと庶民的な肉がカゴの中に落ち着いた。

よーし、これで明日、おいしいものを作るからね。

私の心も落ち着いた。

私はつくづく思った。

こんな私、嫌いじゃない。好きだよ、と。

（平成二十六年七月四日）

シルバーグレーの自信

もう三年ぐらい前になるだろうか。六十代後半になった頃に決めたことがあった。もう髪を染めるのをやめよう、と。

私の一番の友達でもある、孫のほーちゃんに最初にそれを伝えた。

ほーちゃんと向かい合わせに座って言った。

「ヤーヤね、もう髪を黒くするのやめようと思うの。これからは自然のままに生きたいの。白い髪になってもいいかな?」

四歳のほーちゃんには少しむずかしかったかもわからない。ほーちゃんが泣いている。しばらく沈黙が続いた。それからほーちゃんが、「ええよ」と言ってくれた。

ほーちゃんの言葉を聞いて、自然体のヤーヤがスタートした。

あれから三年あまり。髪はみごとにシルバーグレーになった。いろいろな気苦労がなくなった。染めてから一カ月後ぐらいの「そろそろ染めなくては」という思いをしなくてすむ。

美容院に行くと、なぜか必ず「髪、染めてますか?」と聞かれていた。染め方が下手くそだからかな……と気をまわした。毛染剤も毎月のようにを買わなくてはならなかった。

それを卒業することができた。その分、外出するときはおしゃれをしようと思った。イヤリングもつける。そのほかのアクセサリーも身につける。新しく買ったものはないけれど、勤めていた頃のものを少なからず持っている。明るいきれいなものを身につけるようにしよう。

シルバーグレーの髪を持つ私。なんだか自信が出てきた。


(平成二十六年七月十五日)

愛犬フジ

先日、図書館で借りた『心に残るとっておきの話　第二集』（潮文社）の中にあった「天国から来た犬」という話を読んだ。

母は犬を飼っていたが、その母が倒れてしまう。父は単身赴任で、娘とは別に住んでいた。犬を世話する者が誰もいなければ、最後には保健所に連れてゆくことになるが、それは死を意味する。飼ってくれる人を探すが、見つからない。娘が犬に「絶対に死なせないからね」と言うと、ペロペロと涙をなめてくれた。しかし、母が退院する日の朝、犬はいなくなり、車に轢かれて死んでしまったのであった……。

この話を読んで、今から四十数年前に鹿児島にいたときに飼っていた犬の「フジ」のこととよく似ているのに驚いた。

私の書いた「三代目くまの物語」というお話に、このフジのことが書いてある。

「三代目くまの物語」より——

初代の犬は、柴犬のフジです。

お父さんとお母さんが鹿児島に住んでいたとき、子犬を買ってきました。

お父さんは犬が大好きで、子どもの頃からずっと犬を飼っていました。お母さんは動物を飼ったことがありません。

フジは血統書つきで、血統書に書かれた名前は「烈光《れっこう》」でした。名前のとおりとても気性が激しくて、家族以外には絶対になつきませんでした。

お母さんが、お兄ちゃんを産むために入院しました。神戸からおばあちゃんが手伝いに来てくれましたが、フジはおばあちゃんにも絶対に慣れませんでした。それなのに、お母さんがお兄ちゃんをだっこして帰ってきたとき、フジは吠えたりしませんでした。

それからは、お兄ちゃんとフジはいつも一緒。まるで兄弟のように八ミリビデオにも映っていました。

お兄ちゃんが四歳になったとき、お父さんが神戸に転勤することが決まりました。

お父さんは会社で引き継ぎなどもあるので、先にお母さんたちが神戸に行くことになりました。生後三カ月のお姉ちゃんもいました。

神戸に帰る少し前、お父さんとお母さんが話していました。

誰にもなつかないフジを、どうしたらいいだろうか。神戸にはおじいちゃんもおばあちゃんもいる。トラブルの元になったらどうしょう。誰かにもらってもらうこともできない……。

このときフジは五歳になっていました。

ある日、お兄ちゃんが慌ててお友達のところから走って帰ってきました。

「フジが死んだ!」

車にぶつかったのです。お兄ちゃんとお母さんは走ってフジのところに行きました。

フジが道路に横たわっていました。お母さんがそっと撫でると、まだほんのりと温かさが伝わってきました。

眠るように安らかな顔をしていました。


(平成二十六年七月二十三日)

生きているということ

また今日もテレビから「危険ドラッグ」のニュースが流れている。このドラッグにより、尊い命がどれほど奪われたことか。

ニュースによると、高校生が購入し、部屋で奇声を発しているのを母親が聞きつけて部屋に入ると、それらしきものがあったということだった。

私は古いノートを繰ってみた。平成十七年三月四日付のページを見る。

とても人気のあったテレビドラマ「3年B組金八先生」（TBS系）の中で使われていた、谷川俊太郎の「生きる」という詩が書き記されていた。

生きる

生きているということ　いま生きているということ　それはのどがかわくということ　木漏れ日がまぶしいということ　ふっと或るメロディを思い出すということ　く

しゃみをすること　あなたと手をつなぐこと
　生きているということ　いま生きているということ　それはミニスカート　それはプラネタリウム　それはヨハン・シュトラウス　それはピカソ　それはアルプス　すべての美しいものに出会うということ　そして　かくれた悪を注意深くこばむこと
　生きているということ　いま生きているということ　泣けるということ　笑えるということ　怒れるということ　自由ということ
　生きているということ　いま生きているということ　いま遠くで犬が吠えるということ　いま地球が廻っているということ　いまどこかで産声があがるということ　いまどこかで兵士が傷つくということ　いまぶらんこがゆれているということ　いまいまがすぎてゆくこと
　生きているということ　いま生きているということ　鳥ははばたくということ　海はとどろくということ　かたつむりははうということ　人は愛するということ　あなたの手のぬくみ　いのちということ

ドラッグに侵されている生徒「しゅう」が幻覚の中で暴れていた。それを後ろから抱きかかえながら、金八先生が子守唄のように聞かせる詩だ。三年B組のほかの生徒たちも聞いている。ドラッグを憎み、恐さを、悪というものを、涙ながらに聞かせている。寂しくなって、またやり出してしまったと言うしゅうに、「もう寂しくないよ。三年B組のみんなが味方だよ」とやさしい言葉で包み込む。そんな名場面だった。

ドラッグに手を出す人は、寂しいのだろうか。寂しいからドラッグに逃げたくなるのだろうか。

金八先生のような人がいっぱい増えたらいいなあ。寂しい人たちがそのような温かい人に巡り合えますように。

（平成二十六年八月十四日）

地球の宝物が結んでくれた縁

誰にでもあることかもしれないが、道を歩いているときや電車に乗っているときに、幼い子どもが私にコンタクトをとってくれることがある。

今までに何人もの子どもが、私が尋ねる前に名前を教えてくれる場面に出会った。私はその子どもたちから強い生命力を分けてもらえる。笑顔のお返ししかできないけれど。

ただ一つ言えることは、私は子どもたちを宝物だと思っているということだ。家族の宝物であり、日本の宝物であり、さらに日本だけでなく地球の宝物だと思っている。だから、いとおしい。だから尊い。そして、ありがたい。

去年の五月に知り合ったあゆなちゃんがそうだった。

平成二十五年五月十日、いつもなら急行電車に乗るところを、この日はなぜか各駅電車に乗った。シートの一番端に座ると、私の横に年配の女性が座って、その膝の上には幼い女の子が座った。向かい側のシートにはその子のお母さんが座った。するとその子がなぜか私に、「あゆな、あゆな」と名前を教えてくれたのだ。だっこしている女性は申し訳なさそうに「すみません」をくり返した。

私は少しも迷惑に思っていない。「可愛いですね」と声をかけ、「私にも二人の孫がおります。近くに住んでいるので、よく遊びに来ます」と言ったら、あゆなちゃんはもうすぐ四歳だと教えてくれた。

神戸にみんなで観光にでも来て帰るところかなと思った。少しの間、一期一会を惜しむかのように女性と話をした。そこにあゆなちゃんも仲間入りして。向かいのシートのお母さんが笑っていた。

私の降りる駅に着いたら、別れることを惜しむかのように女性も立ち上がった。と思ったら、観光に来ているのはあゆなちゃんとお母さんで、その女性はなんと私と同じ駅で降りるのだった。

あゆなちゃんという天使のおかげで、それからのち、私にとっては大きな信頼関係を結ぶことになる大切なお友達ができた瞬間だった。

かけがえのないお友達。
地球の宝物が、私にも宝物を授けてくれた。
あゆなちゃん、ありがとう。

（平成二十六年八月十八日）

姿を変えた神様

私はできる限り、一日のうち数十分でも外に出ることにしている。家の中でもめいっぱい動いているが、囲いの中だけで動いているとだんだん気が滅入ってくる。年齢がいくほど、マイナスをプラスにできる技量が身についてきた。その一つが、リラックスできる時間を作ることであり、私にとってはそれが「外出すること」なのだ。

外に出ると、いろいろな景色の中に私を置くことができる。いろいろな形に姿を変えた神様にも出会うことができる。

体の不自由な人がリハビリのために一歩一歩、足を前に出してゆく。歩幅が極端に狭くても、そこにその人と介添えの人の努力が見える。

軽く会釈すると、介添えの人から会釈が返ってくる。私は心の中で「あなたはすばらしい人ですね」とささやく。不自由な体の人に、少しでも元気になってもらいたいために、あなたはきっといつもやさしい心で温い手を差しのべておられる。

現実は、そうでないこともあるだろう。きれいごとではすまされないこともあるだろう。でも、私の前に現れた神様は、そんなことを超越している。

ベビーカーに天使をのせて歩いているお母さん。「可愛いですね」と声をかけると、必ず「ありがとう」が返ってくる。私のほうこそ、こんな可愛い天使に会えてお礼を言いたいのに、先に「ありがとう」の言葉をいただく。

いろいろな残酷な事件をテレビのニュースで目にするたびに、「いったい日本の国はどうなっているの?」と主人に憤懣をぶつけてしまうが、私のまわりは違う。

日本の国は、まだまだ捨てたものではないよ……そんな気がしている。だって私のまわりには、姿を変えた神様がいっぱいいらっしゃるのだから。


(平成二十六年八月十九日)

勇気をくれる友達

私は毎年五月に締め切りがある童話の公募に投稿している。もう五、六回になるだろうか。いつも落選だけれど、一つのことを仕上げる喜びがある。目標があるから続けられるので、選ばれるか選ばれないかは別のことだ。

達成感を味わうことができる。稚拙な作品であろうと、完成させることに意味があると私は思っている。作品が残ってゆく。それを読み返したとき、感動で泣いている。私が私の書いたものにファンとしての声援を送る。

それが、ある年の同窓会で心が折れることになってしまった。

同窓会に、私が書いた数冊の本を持参した。恩師にも受け取っていただいた。先生も童話を書かれていて、その作品が掲載されている本をいただいた。

その日の夜、読んでみた。すばらしいお話で感動した。そして、私は自信を失くしてしまった。書けなくなってしまったのだ。

次の日、学生時代からの友達の岸本さんに話を聞いてもらった。黙って聞いてくれていた岸本さんが、電話の向こうでこう言った。

「藤原さんは、藤原さんらしいものを書けばいいのよ」

岸本さんのこの言葉で、また新しい作品が完成した。私らしい作品が。

今年の二月、その岸本さんに会いたくなった。元町にある岸本さんが経営している美容院に出かけた。

五十年も続いている、いつも明るい雰囲気のお店だ。私は岸本さんから、元気をもらうために向かった。

天は二物を与えずという諺があるが、岸本さんに関しては二物も三物も与えられているように思う。私はどれほどこの人から勇気をもらっていることか。

いつお店を訪れても、大きな鏡の前に座っているお客さんと楽しそうに話している。みんな家族のように笑い合っている。私も前からの知り合いのように、その笑いの中に入れてもらっている。

岸本さんは私が前に進んでゆける道を作ってくれる。私に勇気をくれる。あなたの声に、私は「ありがとう」を何回も言っている。

（平成二十六年八月二十四日）

大震災のときに来てくださった神様たち

今日、家事をしながらちらちらとテレビを観ていた。

広島で起こった土砂災害の現地取材をやっていた。その中で、小学生の女の子がそのときの恐怖をノートに書きとめていたという話があった。

それを観ていて、ああ、私もこの子と同じように阪神・淡路大震災の体験を書いたな……と思い出した。あの大きな恐怖を忘れてはいけない。でも人間は忘れる動物でもある。特に私は、苦しいことは早く忘れたいほうだ。その代わり、ノートに記録して残すことは苦にならない。

東日本大震災があったとき、私は縁を作ってくれた文芸社に手記を送った。先日、その編集部から別のことでお電話をいただいたとき、広島の土砂災害のこともあり、私が以前送った阪神・淡路大震災に関する手記「五人といっぴきの震災」のことに触れてくれたのでうれしかった。

今日、久しぶりにその手記を開いた。

十九年前の阪神・淡路大震災の直後から書いている。今はすっかりぬるま湯に浸りきっていた自分が、文字を追うごとに、広島の女の子が書き残していた気持ちと重なっていく。

忘れかけていた、いっぱいの愛がよみがえってきた。私は多くの愛を受けていた。

阪神・淡路大震災で家がだめになり、近くの小学校に避難した朝、淡路屋という弁当屋さんから温かいお弁当が届いた。この支援のあと、数日間は温かいものは口にできなかった。すぐに届けられたお弁当の温かさが今でも思い出される。

愛犬「くま」も運動場に避難していた。見知らぬ人がドッグフードをたくさん分けてくれた。家から何も持ち出すことができなかった私たちは、同じように避難してきた人から懐中電灯をいただいた。数日間、電気のない暮らしの中、どんなに役に立ったか。

みんな地獄を見た人たちばかりなのに、神様になっていた。

それから数日、数カ月、無償の愛は続いた。

震災直後、あらゆる交通手段が遮断されている中、数時間をかけて愛を届けに来てくれた人たち。それは一人や二人ではなかった。その人たちは、また数時間かけて帰ることになるのに。

大きな大きな神様たちの後ろ姿に、手を合わせた。

(平成二十六年九月二日)

著者プロフィール

藤原 靖子（ふじわら やすこ）

兵庫県神戸市生まれ、在住。

著書に『私のまわりの、神様たち』（2009年）、『私のまわりの、神様たち２』（2012年、いずれも文芸社）がある。

私のまわりの、神様たち３

2015年３月15日　初版第１刷発行

著　者　藤原 靖子

発行者　瓜谷 綱延

発行所　株式会社文芸社

〒160-0022　東京都新宿区新宿１－10－１

電話　03-5369-3060（編集）

03-5369-2299（販売）

印刷所　株式会社エーヴィスシステムズ

ISBN978-4-286-16178-5